양인산 신무협 장편소설
ORIENTAL FANTASYSTORY & ADVENTURE

장인전생

dream
books
드림북스

장인전생 10

초판 1쇄 인쇄 2016년 8월 11일
초판 1쇄 발행 2016년 8월 22일

지은이 양인산
발행인 오영배
책임편집 편집부
표지 · 본문 디자인 공간42
제작 조하늬

펴낸곳 (주)삼양출판사 · 드림북스
주소 서울시 강북구 도봉로 173
대표 전화 02-980-2112 팩스 02-983-0660
출판등록 1999년 3월 11일 제9-00046호

© 양인산, 2016

ISBN 979-11-313-0617-8 (04810) / 979-11-313-0407-5 (세트)

드림북스는 (주)삼양출판사의 판타지 · 무협 문학 브랜드입니다.

10

양인산 신무협 장편소설
ORIENTAL FANTASYSTORY & ADVENTURE

장인 전생

★
dream
books
드림북스

장인전생

목차

제1장. 대치 · 007

제2장. 혈전 (上) · 045

제3장. 혈전 (下) · 075

제4장. 벽향천지(壁向天至) · 123

제5장. 역천(逆天) · 179

제6장. 내분 · 217

제7장. 탈출 계획 · 255

제1장
대치

단 닷새 거리에 있는 마교도들. 이로 인해 진류수와 이체제는 생각보다 빠른 진격에 놀라고 있었다.

"최소 이틀은 더 걸릴 것이라고 생각했건만……."

진류수가 침음을 흘렸다. 그들이 자신의 생각보다 빠르게 진격하고 있는 탓이다. 원군이 오기까지 아직 시간이 남았다. 엿새. 그들은 엿새 동안 이곳에서 버텨야 했다.

"지금까지의 그들의 행보를 보았을 때 쉽지 않은 일이지만, 우리들은 유리한 곳에서 그들을 막고 있습니다."

이체제는 현재 자신들이 유리한 위치를 선점하고 있기에 저들을 막아 낼 수 있다는 자신감을 보였다. 순식간에 많은 문파들을 멸문시킬 만큼 그들의 전력이 대단하다 한들 이 정도 숫자와 지리적 이점이라면 쉽게 격파당하지 않을 것이다.

"이 장로. 자네는 어떻게 생각하나?"

"그들의 규모가 얼마나 되는지 모르겠으나, 화산파와 종남파는 이를 대비해 훈련도 같이하지 않았습니까. 충분히 시간을 벌 수 있을 겁니다."

화산파와 종남파는 서로 유대 관계를 형성해 평소에도 같이 훈련을 했다. 마교의 태동이 있고 난 후부터는 서로 정보를 공유하고, 발 빠르게 움직이며 서로 지원을 하기로 약속하기도 했다.

그 결과가 이것이었다.

"그들의 숫자가 얼마든 상관없습니다. 마주하면 막을 뿐. 그들은 이곳을 통과하려면 엄청난 대가를 치르게 될 겁니다."

이체제는 자신감에 차 있었다. 그의 확신에 찬 눈빛을 보고 진류수가 잔잔한 미소를 보였다. 그리고 마교도들이 닷새 거리에 있다는 소식은 무인들에게도 빠르게 퍼졌다.

흑수는 그 소식을 거의 처음부터 알았다. 무인들의 검을 수리하고 있다고 하더라도 귀가 좋은 그는 이미 다 들었기 때문이다.

그러나 그에게서 긴장감을 찾아볼 수 없었다. 마교도들이 생각보다 일찍 도착했을 뿐이다.

시기가 빠르든 늦든 언젠가 그들과 격돌이 있을 것이라 생각했다. 이미 마음의 준비를 단단히 했기 때문에 긴장감은 크지 않았다.

'원군이 오면 그들도 골치가 아파지겠지.'

가장 가까운 곳에 있는 원군은 소림사. 아마 지금쯤이면 소림사도 섬서성에 들어왔을 것이다. 그들이 도착하게 되면 마교도들은 지금과 비교할 수 없는 난관에 봉착하게 될 수 있다. 당연하지만 소림사가 도착하기 전에 승부를 볼 생각일 것이다. 시간은 마교의 편이 아니었다.

무림맹의 힘이 다 모이기 전에 최대한 피해를 줘야 했다. 무림맹은 모였을 때 큰 힘을 발휘한다. 그 힘을 조금이라도 약화시키려면 종남파와 화산파를 격파해야 하는 것이다.

이곳을 격파하느냐 마느냐에 따라 강호의 미래가 달라질 수 있는 것이다.

'우리는 굳이 이기지 않아도 된다.'

이곳을 빼앗긴다 하더라도 그들이 쫓아오지 못할 정도로 피해를 입히기만 해도 충분하다.

그들은 반드시 격파해야 하지만, 화산파와 종남파는 이

곳에서 최대한 시간을 끌어 피해를 입히기만 해도 할 일은 다 하는 것이다.

무인들의 무기는 흑수가 전부 수리해 주었고, 시간이 남으면 무기를 갈아 주기까지 했다. 무기 손질이 잘된 이들도 흑수를 한 번쯤 찾아와 무기를 갈아 달라고 할 정도였다. 흑수가 무기를 가니 어느 명검에 뒤지지 않게 날카롭게 벼려졌기 때문이다.

흑수는 금기를 사용해 그들의 칼을 갈아 주는 것에 망설이지 않았다. 조금이라도 전투에 이롭게 하기 위해서였다.

야밤이 되자 곳곳에 모닥불이 피어오르고, 무인들이 야영을 준비했다. 순찰을 도는 무인들도 찾아볼 수 있었다.

"자네, 안 힘드나?"

이체제였다. 흑수는 어깨를 으쓱였다.

"삼 일 밤낮으로 쉬지 않고 두들긴 적도 있는 걸요. 이 정도는 아무것도 아닙니다."

"그런가?"

이만큼 망치질과 무기를 갈았으면 피곤할 만도 한데, 흑수는 피곤한 기색을 전혀 보이지 않았다. 이체제는 그의 체력을 보고 새삼 대단하다는 걸 알 수 있었다.

수리를 하러 온 무인들의 수는 거의 백 명에 육박한다. 아무리 초절정이라도 이렇게 일하면 피곤할 만도 할 것이다.

"이제 좀 쉬지 그러나?"

"안 그래도 이제 끝났습니다. 대부분 무기 관리는 철저한 편이더군요."

이제 막 마지막 무인의 무기의 손질을 끝낸 흑수는 주변을 정리하고 있었다.

흑수는 화산파와 종남파의 무인들이 얼마나 무기를 철저히 관리하는지 알 수 있었다. 대련을 한다고 검을 망가뜨린 것만 빼면 다들 무기 관리 상태는 철저했다. 녹이 슨 곳을 거의 찾기 힘들었고, 각자 자신의 검에 대한 애착이 강했다. 자신이 무기를 수리해 주고, 갈아 주고 난 뒤, 감사의 인사와 행복한 얼굴을 볼 때 자신도 모르게 흐뭇한 미소가 드리워질 정도였으니까.

"그 얘기는, 일부는 무기 관리가 안 된 이도 있다는 소리로군."

뭔가 꼬투리를 잡았다는 듯 이체제가 씩 웃어 보였다. 나중에 불시에 무인들의 무기를 살펴보겠다는 듯 보였다. 흑수는 그저 말없이 미소를 지었다. 안 된 이가 없다고 할 수는 없었다. 사람이 다 똑같겠는가.

무기 관리를 소홀히 하는 자는 반드시 있었다. 그래도 그리 심각한 편은 아니었다. 무기 관리가 소홀한 쪽은 대부분 중소 문파의 무인들이었다. 화산파와 종남파에서도 일부 발견되긴 했지만 그다지 크게 신경 쓸 만큼 소홀한 것도 아니라서 그냥 덤덤했다.

"어쨌거나 마교도들이 오려면 시기가 이르니 처음부터 너무 힘 빼지 말게나."

"예, 이 장로님."

이체제가 흑수의 등을 두드려 격려하고는 곧 자리를 비웠다. 그리고 대충 정리가 끝날 때, 구종천이 다가왔다.

"이제 일이 끝났나?"

그 옆에는 채소영이 있었다. 흑수는 속으로 한숨을 푹 내쉬며 고개를 주억였다.

"무슨 일이시죠?"

"하하하! 벗이 찾아왔는데 너무 딱딱하게 굴지 말게나. 게다가 자네는 내게 은인과 같지 않은가. 자네 덕분에 내가 절정에 오를 수 있었네. 보답하려고 술을 하나 챙겨 왔네."

벗이라고 생각하는 건 구종천 혼자라고 말하고 싶지만 면전에 대고 직접 말하기 곤란했다.

"그저 얼어걸린 것뿐입니다. 지금까지 고민했던 것이 제 말에 따라 깨달음이 된 것이니 그리 생각하지 않으셔도 됩니다."

"그런가? 아쉽군. 서봉주(西鳳酒)와 서풍주(西風酒)를 가지고 왔건만. 혼자 먹기에는 아까운데."

움찔!

그 말에 흑수의 몸이 흠칫 떨렸다. 서봉주와 서풍주. 섬
서성에서 가장 유명한 술이며 고급으로 취급되는 술이다.
고급으로 취급되는 만큼 가격은 매우 비싸다. 당연히 범인
(凡人)들이 즐길 수 없는 것이기도 하다.

흑수는 섬서성에 와서 서봉주와 서풍주의 이름만 들었
지 실제로 마셔 본 적이 없었다. 돈이 없어서가 아니라 마
교도들의 추적 때문에 술을 자제한 것이다. 취기가 오르지
않는다 하더라도 아주 잠깐이라도 판단하는 것에 영향이
있으면 안 되니 멀리한 것이다.

내심 그것이 아쉬웠던 흑수. 게다가 마침 일도 막 끝내
서 그런지 술이 생각나던 차였다. 그런데 뜻하지 않게 그
가 서봉주와 서풍주를 가지고 오니 그의 동공이 쉴 새 없
이 흔들렸다. 흑수는 화경의 경지에 올랐어도 사소한 욕망
에 매우 충실한 편이었다.

구종천은 양손에 들고 있는 서봉주와 서풍주를 바라보
며 아쉬운 듯 입맛을 다셨다.

"자네가 안 마시겠다니 별수 없군. 이건 내가 따로 마시
겠네."

그가 몸을 돌리자, 흑수가 그의 어깨를 붙잡았다.

"어허, 구 형. 그냥 장난 좀 쳐 본 겁니다. 섭섭하게 왜 이러십니까."

"그럴 줄 알았네. 하하하! 이럴 줄 알고 내 인근 마을에서 안주로 먹을 것도 좀 사 왔네."

흑수가 정리하던 곳에 자리를 마련하며 바닥을 손바닥으로 쳤다. 이곳에 얼른 앉으라는 것이었다. 구종천이 하하 웃으며 기꺼이 그의 맞은편에 앉았다.

채소영은 흑수를 보며 한숨을 푹 내쉬었다. 흑수는 다를 줄 알았는데 남자들은 하나같이 단순하다고 생각했다.

*   *   *

섬서성. 닷새 거리에 있다는 섬서성 무림맹 지부에서 석천이라는 곳에 방어선을 만들어 자신들을 맞을 준비를 하고 있다는 첩보를 받은 마현은 석천 쪽 지도를 얻어 회의를 열었다.

"돌파하기 상당히 어려운 곳이로군."

그의 주위에는 참모와 사천성을 공략했던 마교도들이 회의에 참석해 있었다. 자신들이 강호에 모습을 완전히 드러낸 후 무림맹이 모여 대규모 전투를 치르는 것은 이번이 처음이었다. 당연히 이 전투에 훗날의 사기가 걸려 있음은 자명한 일이다.

패배하게 되면 앞으로 강호 일통에 큰 지장이 생길 수 있었다.

"설사 돌파하고, 점령한다 하더라도 그들은 되찾기 쉬운 곳입니다."

그들이 향하는 북쪽으로는 강을 건너면 좁은 길목을 맞이하게 된다. 하지만 그 좁은 길목을 나서면 넓은 터가 나오게 된다.

강을 도하하는 것부터 큰 피해가 예상되는데, 그들이 좁은 길목에서 방어선을 만들어 버티고 서 있으면 피해는 상상 이상으로 커진다. 더군다나 불리하다 싶으면 그들이 후퇴하는 것도 쉬웠다.

무작정 돌파하는 것도 힘들지만 그들을 쫓기에도 힘든 곳이라는 소리였다. 게다가 그들이 점령한다 하더라도 원군이 와서 반격을 하게 된다면 이쪽에서는 후퇴하는 것이 더 힘들어질 수 있었다.

이곳은 마교도들의 입장에서는 골칫거리인 지형이라고 할 수 있었다.

"산을 올라 뒤를 치는 것은?"

"절벽으로 이루어져 있는 데다, 눈에 띄는 위치입니다. 그들이 절벽을 타고 올라올 것을 예상할 수 있으니 더 위험합니다."

들키기라도 하는 날에는 아무것도 하지 못하고 전멸을 당할 수 있다는 소리였다.

"설사 우회한다고 하더라도, 절벽이 꽤 길게 이어져 있어 완전히 틀어야 합니다."

얼마나 길게 이어져 있는지 지도를 통해 확인한 마현은 길게 한숨을 내쉬었다.

"우회하면 오히려 녀석들에게 시간을 더 주는 꼴이로군."

아무래도 정면으로 돌파하는 것 외에는 방도가 없어 보였다. 이곳만큼은 피하고 싶은 것도 사실이었다. 그러나 방도가 없어 보였다. 이곳에서 정면 승부를 보기로 결정하고 수하에게 물었다.

"그들의 수는?"

"첩보에 의하면 천오백여 명이라고 합니다."

"우리가 곱절은 넘는군."

머릿수는 자신들이 많지만, 그들의 지형을 보면 대등하게 싸울 수 있는 곳이었다. 그들의 입장에서는 천혜의 요새나 다름이 없는 곳이다.

"그들을 뚫고 가는 수밖에 없겠군."

"그렇습니다."

문제는 어떻게 뚫고 가느냐이다. 마현의 말에 다들 동의하듯 고개를 주억였다.

"그곳의 전력은 얼마나 되지?"

"첩보에 의하면 화경 고수가 한 명, 초절정은 열 명에 가깝다고 합니다."

"오호?"

화산파와 종남파에서 자신들을 막기 위해 화경을 보낸 것이라고 생각했다. 그러면서 그가 의아함에 물었다.

"혹, 그곳에 광동 제일의 명장은 없다더냐?"

"예, 그 소식도 들었습니다. 그곳에서 무인들의 무기를 수리하는 데 보탬을 주고 있다고 합니다."

"초절정. 거기서는 그를 초절정이라고 생각하는가?"

"예. 그는 초절정의 무인들과 함께 머물고 있다고 들었습니다."

"그렇다는 말이지?"

스스로의 힘을 숨기고 있는 건가, 아니면 그곳에서 믿지 않는 것일까. 어느 쪽인지는 모르지만, 딱히 상관없다. 흑수를 마지막으로 봤을 때 초절정보다 위, 화경보다 아래였으니까. 어중간한 위치라고 보면 되었다.

'그래도 내가 가지고 놀았다곤 하나 날 이렇게까지 내몰았던 사람은 드물지.'

다리를 끊어 낭떠러지 아래로 떨어뜨린 흑수. 높이가 높이인 터라 까딱 잘못했으면 마현도 무사하지 못했을 것이다. 자신이 지금의 경지에 오른 이래 이렇게까지 몰아붙인 이는 흑수가 유일하다고 볼 수 있었다.

"소교주님께서 원하시면 광동 제일의 명장에 대한 정보를 얻어 오겠습니다."

"됐다. 내 궁금증은 그것이 전부였으니까."

마현은 신경 쓰지 말라는 듯 손을 저었다. 그가 궁금했던 것은 석천에 흑수가 있는지, 없는지가 전부였다.

마현은 몇 시진 더 작전 회의를 나눈 후, 회의를 종료시켰다. 막사 밖으로 나오자 어둠이 그를 반겼다. 어느새 밤이 찾아온 것이다. 자신이 이끄는 교도들의 시선이 그에게 향한다. 마현과 눈이 마주치면 자리에서 일어나 예를 갖춘다.

"소교주님. 침소에 안 드십니까?"

그의 호위가 그리 물었다. 마현이 고개를 저었다.

"잠시 바람 좀 쐬고 들어가겠다."

"바람이 차갑습니다. 모피 옷을 가지고 오겠습니다."

"내게는 선선하다."

마현은 신경 쓰지 말라는 듯 손을 저으며 자리에서 벗어났다. 그의 호위는 익숙하다는 듯 그가 사라지기 무섭게 뒤돌아섰다. 마현은 인적이 드문 곳의 나무 밑에 도착했다.

타닷!

그는 순식간에 나무 기둥을 박차고 위로 올라섰다. 나무 기둥이 요란하게 흔들리더니 곧 잠잠해졌다.

어둠이 짙게 내려앉은 산등성이가 희미하게 보이는 가운데, 마현이 편하게 나뭇가지 위에 앉았다. 그는 지금 흥분을 주체하지 못했다.

'단흑수. 또다시 너를 만날 수 있겠구나.'

그의 함정에 빠졌지만 딱히 나쁘게 생각하지 않았다. 오히려 이번에는 그가 어떻게 나올지 더 기대가 되었다. 흥분돼서 도저히 잠에 들 수 없었다. 또다시 그를 만날 수 있다는 생각에 오늘은 잠을 설칠 것 같다.

'자, 이번에는 어떤 식으로 날 흥분시킬까. 기대되는구나.'

흑수의 생각지 못한 방식의 전투는 오히려 마현의 전의를 불태우고 있었다.

* * *

사흘 후. 산등성이 너머로 마교도들이 도착했다는 급보

를 받고, 무인들의 움직임이 바빠졌다. 정보가 잘못된 것 아니냐는 생각이 들었지만, 그들은 정말 산등성이 너머로 모습을 보이더니 어느새 강 건너에 포진한 채 전열을 갖추고 있었다.

강행군을 한 듯 하루 빠르게 마교도들이 강 건너에 도착했다. 그들의 진격 속도에 기가 찰 노릇이었다.

"정말 빨리도 도착했군."

진류수가 기가 찬 표정으로 강 건너의 새까맣게 몰려온 마교도들을 바라보았다. 그들의 수는 어림잡아도 사천여 명은 되어 보였다. 이곳에 모인 무인들의 두 배가 넘는 숫자였다.

마교도과 섬서 지부의 무림맹은 강 하나를 두고 대치하고 있었다. 크고 작은 문파들을 여럿 멸문시킨 마교도들을 보자, 무인들이 긴장을 한 듯 침을 목 뒤로 삼켰다.

흑수는 그들을 바라보고 있다가 곧 그들의 선두에서 익숙한 이를 볼 수 있었다.

'마현……'

마현이었다. 아직 그는 흑수를 발견하지 못한 듯 팔짱을 낀 채 강 건너 좁은 골목에 포진한 무인들을 바라보고 있었다. 그들의 숫자를 보니 보통 많은 숫자가 아니었다.

'지형의 유리함이 없었더라면 큰일 났겠네.'

흑수는 이곳이 아니었다면 저들에게 대항할 수 없었을 것이라고 확신했다. 그렇지만 위험은 아직 도사리고 있었다. 저들이 강행 돌파를 하게 되면 이쪽에서도 분명 피해가 있을 것이기 때문이다.

"천막을 치고 있군."

진류수가 강 건너의 마교도들을 바라보며 직접 동향을 살폈다. 저 뒤쪽에서 천막을 치고 있는 것을 볼 수 있었다. 예상보다 빠르게 도착한 것을 보니 분명 강행군을 했을 것이다. 무인들이라고 해도 오랫동안 걸으면 피곤하다. 당연히 푹 쉬어야 했다.

"오늘 공격해 올 것 같지 않지만, 그래도 혹시 모르니 그들의 움직임을 주시해야 할 겁니다."

이체제의 말에 진류수가 동감이라는 듯 고개를 주억인다. 방심하고 있는 사이에 공격해 올지도 모른다. 그들이 바로 눈앞에 있는 만큼 움직임을 주시해야 했다.

"평소보다 더 많은 사람들을 투입해 그들의 움직임을 주시하도록 하지요. 절벽을 타고 올라올 것도 생각해야 하니까요."

야밤을 틈타 절벽을 기어올라 허리를 칠 수 있다. 다행인 점은 그것을 대비해 미리 준비를 끝마쳤다는 것이다. 몇 명이 옆으로 은밀히 빠지는 것을 보니 절벽을 탐색하려는 것 같았다. 아마 정찰병들은 곧 절벽 곳곳에 함정과 무인들이 숨어 있는 것을 볼 수 있을 것이다. 그들도 머리가 있다면 함부로 절벽을 타고 올라오지 못한다는 걸 머지않아 알게 될 터.

"생각보다 병력이 많기는 하지만, 그래도 해볼 만한 숫자입니다."

여러 가지 정황상 마교도들이 불리한 것은 사실이지만, 그들도 피해를 감수하고 총공격을 가해 온다면 못 뚫을 건 아니다. 그러나 지형적 유리함이 대등하게 싸울 수 있는 여건을 마련해 주었다. 이곳을 뚫으려고 하거든 그만한 피해를 각오해야 할 것이다.

흑수는 눈을 밝게 빛내며 마교도들을 천천히 살펴보았다. 마교도들은 전부 흑의로 통일해 있었다. 반면 이곳의 무인들은 문파마다 전부 제각각이었다. 다행히 흑수도 종남파에 있을 때 옷을 빌린 까닭에 흑의를 입지는 않았다. 전투가 벌어져도 아군에게 칼침을 맞는 경우는 없을 것이라 생각했다.

*　　　*　　　*

"소교주님. 교도들에게 휴식을 취하라 명령을 하달했습

니다."

마현의 참모가 다가오며 보고를 했다. 그는 고개를 끄덕이며 간단하게 반응해 주었다.

"그래, 너도 일을 마저 끝내면 가서 쉬어라. 내일부터 힘든 전투가 벌어질 테니."

"아닙니다. 소교주님 옆을 지키겠습니다."

그의 명령에 참모가 대답하며 바로 옆에 선다. 마현은 마음대로 하라는 듯 시선을 돌려 강 건너 순찰을 돌고 있는 무림맹의 무인들을 바라보고 있었다.

'단단히 준비를 했군.'

지도가 아닌 직접 두 눈으로 이 석천의 지형을 보니 기가 찰 노릇이었다. 무림맹에게 있어 최적의 조건을 가진 지형이었기 때문이다.

정면 돌파를 하면 피해가 커질 수밖에 없었다. 정면에는 강. 유일하게 수심이 낮은 곳인데, 인근 주민들에게 들어보니 다른 곳은 수심이 들쭉날쭉해 위험하다고 한다. 잘 가다가 갑자기 물에 빠질 수 있으니 그런 모험을 할 수 없는 노릇이었다.

헤엄쳐서 가도 될 것 같으나, 수영을 할 줄 모르는 교도들도 상당수 되었다. 배를 만들어서 갈까 생각해 보기는 했지만, 그래도 어떻게든 좁은 길목으로 향할 수밖에 없었다. 이러나저러나 결국 똑같았다.

"힘든 싸움이 되겠구나."

"예. 엿새 안으로 뚫지 못하면 앞으로의 대업에 큰 차질을 빚게 될 겁니다."

그나마 다행인 것은 관군이 나서지 않는다는 것이다. 외부의 침입으로 강호의 일에 참견하지 못하는 까닭이다.

"관군 없이 그들이 과연 본 교의 힘을 막아 낼 수 있을까?"

마현이 혼잣말처럼 그리 중얼거렸다. 그의 옆을 지키던 참모는 확신에 찬 대답을 했다.

"절대 막을 수 없을 것입니다. 본 교의 힘은 그 어떤 곳도 함부로 대적할 수 없는 천하제일이지 않습니까. 관군이 없다면 강호 일통은 꿈이 아니게 될 겁니다. 다만 시기가 빨라질지 느려질지만 달라질 겁니다."

마현이 다시 참모에게 시선을 돌렸다. 바람이 그들을 훑고 지나간다.

"넌 그렇게 생각하나?"

"예, 소교주님."

참모는 확신에 찬 눈빛으로 그를 바라보며 대답하고 있다. 마현은 피식 웃으며 고개를 들어 하늘을 바라보았다.

'그래, 천하제일이지. 하지만 내가 생각하기에는 옛날

보다 훨씬 못한 것 같단 말이야.'

마교에 대한 역사를 공부한 마현은 마교가 옛날만큼 못
하다는 걸 알고 있다.

과장된 것도 있겠으나, 마교는 한때 정말 대명 제국 자
체를 위협했던 적이 있었다. 하지만 지금은 어떠한가? 아
무리 외부의 침략으로 인해 시선을 돌린다 하더라도, 마교
를 무시한다는 건 말이 안 된다. 외부의 침략보다 내부에
서 나라를 위태롭게 할 수 있으니 자신들을 먼저 배제하는
것이 맞다. 아마 그들도 마교가 옛날의 마교가 아니라는
것을 짐작한 것일지도 모른다.

그것은 사실이다. 마천악의 생각은 모르겠으나, 마현은
그리 판단하고 있다. 솔직히 말해 마교의 힘은 옛날보다
못하다. 백여 년 전 크게 패하면서 대부분의 비급들이 불
타 버렸기 때문이다. 일부는 실전되기도 했다. 그중 일부
비급들은 오대세가와 구파일방에게 빼앗겨 서고 깊숙이
보관되고 있었다.

곤륜파, 아미파, 청성파, 사천당문, 공동파를 멸문시키
면서 되찾기는 했으나 아직 찾아야 할 것이 많다.

'설사 본 교가 약해졌다 하더라도 외부의 침입이 없었
다면 분명 참전했겠지.'

옛날부터 그랬다. 자신들이 들고일어나면 교리가 나라

에 위협을 끼친다 하여 군사를 일으켜 무림맹의 편을 들었다. 백여 년 전 정마대전 때도 그러했다. 그러나 이번에는 그때와 상황이 많이 다르다.

백여 년 전에는 외부의 침입이 없는 평화로운 시기였다. 하지만 지금은 여진과 왜국이 기승을 부려 시선을 이쪽으로 할 수 없게 되었다. 대명 제국의 황제는 마교도들보다 여진과 왜국이 가장 위협이라고 생각하고 있는 것이다.

마현은 이것이 내심 자존심이 상했다. 대명 제국을 향해 칼을 겨누고 싶었다. 그러나 아직은 시기상조다. 지금은 강호로 만족해야 한다. 대명 제국은 지금 실수를 하고 있는 것이다. 본 교가 얼마나 무서운지 나중에 깨닫게 될 터. 대명 제국이 위기를 느끼게 될 날은 그리 머지않은 날이 될 것이다.

*　　　*　　　*

이튿날 정오가 되자, 마교도들이 강 건너편에서 전열을 갖추었다. 공격을 할 조짐이 보이자, 무인들이 서둘러 자신의 위치를 사수하며 그들을 맞이할 준비를 끝내 놓았다. 흑수는 흑태도를 땅에 박아 놓으며 손목과 발목을 풀었다.

역시 강행 돌파 말고는 없다고 판단한 듯 마교도들의 결의가 여기까지 전해져 왔다. 신기한 점이라면 녀석들은 죄다 복면을 하고 있다는 것이다. 곧 전투가 시작된다는 것 때문에 다들 긴장하고 있었다. 그러나 다들 이곳이 얼마나 중요한 요충지인지 아는 까닭에 쉽게 물러설 수도 없었다. 이곳에서 저들의 진격을 막지 못하면 녀석들을 막기 점점 힘들다는 것을 모두가 알고 있었다.

뿌우우우우—!

마교도들의 사이에서 뿔피리가 지천에 울렸다. 공격 신호였다. 유일하게 강을 안전하게 건널 수 있는 곳에서부터 녀석들이 함성을 내지르기 시작했다.

파바밧!

녀석들이 경공을 펼치며 일제히 강을 도하한다. 빠르게 강을 도하하기 시작하자, 무인들의 움직임이 더욱 바빠지고 자신의 무기를 꼬나 쥐었다.

"이야아아!"

녀석들이 근접하자 무인들이 일제히 우렁찬 함성을 내지르며 그들과 충돌했다. 앞에서 다가오던 이들은 무기를 들지 않은 채 장법과 권법으로 무인들을 상대해 나갔다. 그리고 마교도의 일부가 대지를 박차 위로 도약했다. 녀석들은 손에 무언가를 들고 있었다.

'뭐지?'

종이로 두껍게 감싼 공이었다. 저것으로 무엇을 하려는 건지 모르지만, 녀석들은 무인들이 뭉쳐 있는 곳에 던지려고 하고 있었다. 가만히 놔둬서 좋을 게 없다고 생각한 흑수가 손을 뻗었다.

"어딜!"

흑수는 그들을 놓치지 않겠다는 듯 수기를 끌어 올려 물방울을 녀석들에게 날렸다. 작은 물방울은 녀석들의 몸을 꿰뚫었다. 녀석들이 피를 흘리며 땅으로 추락했다. 흑수는 만족스러운 미소를 지었으나 곧 얼굴이 굳어졌다.

녀석들의 피가 대지에 흩뿌려지자 심상치 않은 일이 벌어졌다. 피의 색이 검게 변질되더니 검은 연기가 피어오르고 있는 까닭이다.

"큭! 독기다!"

흑수가 인상을 찌푸렸다. 꽤 강한 독기가 퍼지는 듯 그의 목기가 그의 몸에 퍼진 독을 해독하려고 맹렬히 움직였다. 다른 무인들도 마교도들을 베어 죽이니 녀석들의 몸에서부터 독기가 주위로 퍼져 나갔다. 선발로 보내진 이들은 모두 독공을 익힌 것이다. 피해를 최소화하기 위해 소수를 희생함으로써 최대의 피해를 주려는 심산이다.

'미친 새끼들. 화학전이라니.'

흑수는 인상을 찡그리며 소매로 자신의 입과 코를 틀어

막았다. 녀석들이 죄다 복면을 한 이유가 무엇인지 이제야 알 수 있었다. 자신들에게 독의 영향이 갈까 봐 미리 준비한 것이다.

무인들은 순간적으로 숨을 참거나, 다급히 가지고 있던 천으로 입과 코를 틀어막았다. 다행히 호흡을 통해 독이 번지는 것 같았다. 그러나 독기가 퍼지는 것을 몰랐던 무인들은 독에 중독되어 버렸다.

"끄어억!"

고통스러운 듯 목을 부여잡고 있는 무인들. 그들의 구멍이란 구멍에서 피가 흘러나오기 시작했다. 흑수가 그 모습을 보고 인상을 찡그렸다. 참으로 잔인한 독이라는 생각이 들었다.

게다가 하필이면 바람이 무림맹의 무인들에게 불고 있어 피해가 점점 커지고 있었다.

"하압!"

후방에서 이를 보고 있던 진류수가 주먹을 내질렀다. 허공에서 기가 폭발하듯 발산되어 바람을 일으켰다. 공기 중으로 퍼진 독이 반대로 마교도들에게 향한다. 그러나 그들은 이를 대비해 복면을 착용한 상황이었다.

'너희들만 안 당하면 섭섭하지!'

흑수가 이를 거들기 위해 주먹을 말아 쥐며 빠르게 앞으로 뻗었다.

후웅!

똑같이 바람이 일어나며 녀석들의 복면을 날려 버렸다.

"꺼어억!"

그 순간, 마교도들이 숨을 크게 들이마시고, 똑같은 꼴로 쓰러지기 시작했다. 진류수가 공력을 담아 크게 소리쳤다.

"앞에 있는 무인들은 뒤로 빠져라! 후속 방어선에 있는 자들은 입과 코를 막고 자리를 대신하라!"

숨을 참는 것도 한계는 있는 법이다. 후속 방어선에 있던 무인들이 일제히 복면을 착용하고 앞으로 달려 나간다. 복면이 없는 자들은 자신의 소매를 찢어 입과 코를 막았다. 앞에 있던 무인들은 그들이 올 때까지 버틴 후, 재빨리 뒤로 달아났다.

"후아!"

독이 가득한 지역에서 빠져나온 그들이 그제야 크게 숨을 들이마실 수 있었다. 독공에 의해 밀리기 시작했지만 이제 서서히 자리가 잡혀 가며 대등하게 싸우기 시작했다. 마교도들은 자신의 몸을 돌보지 않고 자살 공격도 서슴지 않았다. 그러나 이미 이곳에서 막기로 결심한 무림맹의 무인들은 쉽게 물러서지 않았다.

그렇게 절대 밀리지 않겠다는 듯 치고받고 싸우기 시작한 지 몇 시진째.

뿌우우우우—!

강 건너편에서 뿔피리 소리가 다시금 울려 퍼졌다. 퇴각 신호였다. 퇴각 신호가 떨어지기 무섭게 마교도들이 부리나케 다시 강을 건너기 시작했다. 몇몇 마교도들이 길을 막아서 후퇴할 시간을 벌었다. 그 덕분에 마교도들을 추격하는 것이 불가능해졌다.

"첫 교전의 피해가 크군."

진류수가 침음했다. 몇 시진이나 쉬지 않고 싸운 것인지…… 좁은 길목은 처참 그 자체였다. 주위는 피로 얼룩지고, 시체가 언덕을 만들었다. 자신의 문도들이 쓰러져 있는 모습을 보니 마음이 쓰렸다.

그것은 이체제도 마찬가지였다. 화산파의 제자들이 날카로운 날붙이에 베이며 비명을 지르고, 독으로 인해 피를 흘리는 모습은 썩 좋은 모습이 아니었다. 설마 마교도들이 이런 식으로 공격을 해 올 줄 몰랐다. 이런 좁은 지형에서 독을 사용하니 그 영향은 클 수밖에 없었다. 게다가 바람이 불어오는 것이 바뀔 때쯤 그들이 후퇴를 했다.

"바람이 부는 시간을 저들이 알고 있던 것 같습니다. 가만 생각해 보니 그들이 공격할 때도 바람이 우리 쪽에게

부는 시간이었습니다. 보기 좋게 당했습니다."

이체제의 말에 진류수가 고개를 주억였다. 지형적 유리함으로 자신 있었는데, 그들이 독공을 사용하여 그 유리함을 오히려 자신들이 살린 것이다.

"첫 교전에 무려 백 명의 무인들이 당했습니다. 반면 상대는 삼백여 명이 쓰러졌지요."

이체제는 비율로 보자면 잘 싸운 것이라는 듯 말했다. 그러나 진류수의 표정은 어두웠다.

"우리는 백 명. 저들은 삼백 명. 우리가 불리한 것은 여전합니다, 이 장로님."

그 대답을 한 것은 흑수였다. 흑수의 말에 이체제가 그를 바라본다.

"그게 무슨 소리인가?"

"저들은 여전히 쪽수가 많다는 얘기죠. 그리고 전력을 다한 것이 아니고 간을 본 느낌이 더 강했습니다. 아마 오늘 파악한 정보를 토대로 다시 공격을 해 오겠지요."

진류수의 생각도 그러했다. 그들은 간을 보기 위해 첫 공격을 감행한 느낌이 더 강했다. 실제로 무인들의 사기가 많이 떨어진 것도 사실이다. 지형적 유리함으로 인해 쉽게 막을 수 있으리란 판단과 달리 그들은 상상도 못 한 방법으로 공격해 왔기 때문이다.

자신과 같은 무인들이 처절하게 죽는 모습을 눈앞에서 본 이들은 상태가 더 심각했다. 속이 타들어 가는 괴로움에 손톱과 손가락의 피부가 벗겨진 것도 모른 채 땅을 긁던 그 모습은 쉽게 잊혀지지 않는 것이다.

"그들은 절반만 공격에 투입했습니다. 아마 야간에도 공격을 하려는 것이 아닐까 하는 생각이 드네요. 우리도 대책을 강구해 보는 게 좋겠습니다."

흑수의 말에 진류수가 멍한 표정으로 그를 바라본다.

"자네는 대장장이이면서 어느 정도 군에 대한 지식이 있는 모양이군?"

"아, 그게……."

사실 전생의 군대에서 할 게 없어서 책을 읽었는데, 그게 전쟁사와 관련된 것들이었다. 세계 각국 크고 작은 전투에 대한 내용이었다. 그 당시 어떤 식으로 진형을 짰고, 어떻게 약점을 공략했는지, 이로 인해 어떻게 되었는지에 대한 내용을 보면서 지식을 쌓은 것이다.

그게 생각보다 재밌어서 꽤 많은 수의 책을 읽었다. 전문가는 아니라고 해도 어느 정도 지식은 있다고 볼 수 있었다. 이와 비슷한 일은 얼마든지 있기 때문에 유추하는 것은 그리 어렵지 않았다. 다만 어떤 식으로 공략하려는 건지 예상하기 힘들다는 것만 제외하고 말이다.

"……심심할 때 병서를 좀 읽었습니다."

"대장장이가 병서를 다 읽다니. 흔한 일은 아니로군."

병서를 읽었다고 하니 다들 깊게 생각하지 않고 넘어가는 분위기였다.

"아, 그리고 제가 쓰러뜨린 마교도들 중 이것을 소지하고 있던 녀석들을 보았습니다."

흑수가 그들 앞에 공처럼 동그랗게 뭉친 종이 뭉치를 보여 주었다. 도대체 무슨 용도로 사용하려는 건지 모르겠다는 듯 다들 종이 뭉치를 바라볼 뿐이다.

"이건 뭔가?"

"화약입니다."

그 말에 진류수와 이체제의 눈이 동그랗게 떠졌다. 화약이라니? 설마 자신들이 아는 그 화약이란 말인가!

"불꽃놀이 같은 용도가 아니라 사람을 살상할 수 있는 흑색 화약으로 보입니다. 독공을 쓰던 자들 중 몇 명이 들고 있던 것인데, 이게 터졌으면 분명 더 큰 피해를 입게 되었을 겁니다."

"허! 나라에서 관리하고 있어야 할 화약을 어찌 그들이 가지고 있다는 말인가!"

시중에서 판매되고 있는 화약도 있기는 하나, 가격이 비싼 것은 둘째 치고 살상력이 강한 것이 아니다. 주로 축제 때 터트리는 불꽃놀이용 화약이기 때문이다. 하지만 그들이 가지고 있는 것은 군에서 사용하는 화약이다. 대포에 넣어 쇠공을 날릴 수 있을 만큼의 파괴력이 있는 그 화약 말이다.

당연히 이것은 나라에서 제조법은 물론 관리까지 철저히 하는 것이기도 했다.

"그것이 사실이면 엄청난 여파가 일어나겠군."

그 얘기는 마교도들이 화약 제조법을 알아냈거나, 군에 협력자 혹은 마교도이 있을 수 있다는 소리였다. 진류수는 할 말은 잃은 듯 기가 찬 표정으로 화약을 가만히 바라보았다. 그러다가 문득 이런 생각도 들었다.

'만일 이것이 사실이라면 대명 제국이 가만히 있지 않겠군.'

이것은 매우 중한 일이다. 이것이 사실이면 현실적인 위협이 될 수 있기 때문이다. 대명 제국은 현재 마교를 현실적인 위협으로 보지 않았다. 기세가 옛날만큼 되지 않는다는 것이 주된 이유였다.

강호를 통일한다고 해도 무림맹 덕분에 큰 피해를 입을 것이기에, 나중에 상황을 보고 소탕할 생각까지 갖고 있었다. 그러나 그들에게 화약이 있다는 것이 알려진다면 큰 문제를 야기할 수 있게 된다.

"군 관계자에게 이 소식을 전하는 것이 낫겠군."

잘만 된다면 관군이 마교도들을 소탕하기 위해 병력을 지원해 줄 수도 있었다. 그렇게만 된다면 마교도들의 기세가 많이 꺾이게 될 것이다. 그러나 이체제는 그 의견에 회의적이었다.

"군 내부에도 마교도나 협력자가 있다면 황제의 귀에 들어가기 전에 무마되지 않겠습니까? 그들이 위협을 무릅쓰고 이런 일을 벌이려고 하지도 않았을 겁니다."

"그것도 그렇군."

그들은 이미 자신들의 하수인과 교도들을 흘려보내 정파에 혼란을 야기한 전례가 있었다. 군 관계자들 안에 마교도들이 있다면 한두 명이 아닐 것이다. 화약을 군 관계자들에게 받았다면 높은 관직에 있는 자들 속에 마교도들이 섞여 있을 수 있었다.

"그렇다면 믿을 만한 사람에게 가야 한다는 소리인데……."

어지간한 사람은 안 된다. 그들을 모두 무시하고, 대명 제국의 황제에게 직접 간언을 할 수 있는 자들이어야만 했다. 누가 있을까.

생각이 깊어지는데, 흑수가 머리를 긁적이며 대답했다.

"제가 아는 사람이 한 명 있기는 합니다만."

"어지간한 직급이면 소용없을 수 있네. 믿을 만한 사람이고, 황제 폐하를 직접 알현할 사람이어야 하네."

"충분할 것 같습니다. 그 사람은 군에 있으면서 보통 높은 직급이 아니니까요. 비록 청렴결백한 사람은 아니라고 하더라도 마교도들에게 넘어갈 만한 사람은 아닙니다. 게다가 충성심이 대단한 걸로 알려져 있습니다."

"그런 사람을 알고 있다고? 그 사람이 누군가?"

다른 사람도 아니고 그런 사람이 있다는 건가? 그들의 얼굴에 호기심이 가득해지며 흑수에게 시선이 집중되었다.

"구천춘 제독이십니다."

"……!"

그의 말에 진류수와 이체제가 믿을 수 없다는 듯 두 눈이 화등잔만큼 휘둥그레졌다.

*　　*　　*

마현은 이번에 전투를 치른 교도들을 격려하며 부상을 입은 교도들을 찾았다. 야전에 설치된 막사 내부. 검상을 입은 교도들의 신음 소리가 가득했다.

예상한 바이기는 하지만, 생각보다 피해를 못 입힌 것

에 약간 실망한 듯 마현이 침음을 했다. 그는 막사를 돌아다니며 부상자들까지 일일이 찾아 격려했다. 그리고 뒷짐을 쥔 채 강 건너편을 주시했다. 독공을 사용하는 교도들을 이용해 많은 피해를 줄 생각이었지만, 생각한 것 이상의 피해를 주지는 못했다.

"피해가 꽤 컸군."

"그렇습니다."

참모가 그의 말에 일일이 대답했다. 그냥 혼잣말처럼 중얼거리는 것도 일일이 반응하는 터라 이제는 익숙했다.

"일이 끝나는 대로 이번 전투에서 순교한 교도들의 유가족에게 보상을 줄 것이다. 교도들의 사기를 위해 힘쓰라 하달하라."

"예, 소교주님."

다른 이도 아닌 마현의 명령이다. 참모가 그의 말을 머릿속에 담았다. 마현은 강 건너편을 바라보며 어떻게 저기를 돌파할 수 있을지 고심했다. 피해는 둘째 치고, 멀지 않은 거리에 원군이 오고 있다고 하니 걱정이 되는 까닭이다. 그것도 소림사에서 말이다.

'하필이면 다른 곳도 아닌 땡중들이 오다니. 만만치 않겠어.'

어떤 원군이 오더라도 이곳에 도착하면 그때는 교착 상

태가 아니라 이대로 후퇴를 해야 한다. 그렇지만 솔직히 말해 소림사를 상대하는 것은 결코 쉬운 일이 아니었다. 교에서는 그들을 땡중이라고 부르고 있지만, 무공이나 여러 진법에 있어서 소림사가 가장 까다롭다고 할 수 있기 때문이다.

'섬서성 곳곳에 잠입한 교도들에게 시간을 끌라고 하기는 했으나, 과연 얼마나 끌 수 있을지…….'

이미 각지의 성에 잠입한 교도들은 첩보를 보내왔다. 그 덕분에 여러 방면으로 마현은 명령을 내리고, 일을 실행할 수 있었다.

소림사의 원군이 도착하기 전에 이곳에서 얼른 승부를 봐야 했다. 마현의 목표는 종남파와 화산파의 힘을 약화시키는 것이다.

이곳 석천에는 섬서성의 정파들이 거의 대부분 모였다고 해도 과언이 아니다. 이들을 뚫을 수 있다면 나머지 문파를 없애는 것은 그리 어려운 일이 아니다.

그들이 가는 곳마다 함정을 파 놓거나, 매복하거나. 소규모의 교도들에게 그들의 진격을 늦추라고 명령했다. 그들이 얼마나 시간을 끌 수 있는지가 관건이었다.

'저들도 아주 작정을 했어.'

어지간한 문파들은 이런 식으로 나오면 금방 도망치거

나 했다. 그러나 그들은 절대 도망치지 않았다. 이곳을 사수하고, 원군만 오면 이길 수 있다는 희망이 있기 때문이다. 그래도 무림맹에게 사기를 저하시키는 효과는 주었을 것이다.

전장에서는 사기가 중요하다. 아마 저들 중 겁을 먹은 이들이 더 있을 것이라 확신했다. 이제 독공은 소용이 없을 것이다. 그들도 이에 대비한 방비를 할 테고, 어떻게 막을지 고심하고 있을 것이다.

그러나 마현은 그들이 쓸모없는 것을 고심하고 있다고 생각하고 있었다. 그들이 무엇을 상상하던 자신의 의중을 파악하기 힘들 것이다.

"소교주님!"

한 교도가 그의 앞에 무릎을 꿇으며 포권을 취했다. 강 건너편을 바라보던 마현이 그제야 몸을 돌렸다.

"준비는 되었나?"

"그렇습니다! 명령만 하신다면 지금 당장 이끌 수 있습니다."

"생각보다 일찍 끝냈군. 잘했다."

마현이 교도를 칭찬하며 격려했다. 교도는 감격한 표정으로 그를 바라보다가 다시 고개를 떨궜다. 마현은 만족스럽게 웃으며 명령했다.

"저들에게 이제 시작이라는 걸 보여 줄 차례다. 사전의 계획대로 준비토록 하라."

"존명!"

"이제 녀석들은 어찌할 수 없을 것이야."

마현이 자신감에 찬 얼굴로 강 건너편을 바라보았다.

제2장
혈전 (上)

　진류수와 이체제는 구천춘 제독에 대해 어느 정도 알고 있었다. 그들도 구천춘 제독이 현재 대명 제국에서 얼마나 영향력이 큰 인물인지 알고 있는 까닭이다.

　그의 말처럼 청렴결백한 사람은 아니지만 사리 분별을 할 줄 아는 인물이라는 평가를 받고 있었다. 게다가 얼마 전에는 해적들을 완전히 소탕한 공을 인정받아 황제의 신임을 한껏 받고 있었다. 덕분에 현재 자신의 정적들은 입을 굳게 다물고 있다고 한다. 그리고 하나 더. 그는 이제 군 내부에서 없어서는 안 될 인물로 평가되고 있다.

　젊을 적부터 유능했던 듯 공을 많이 세우고, 이번 해적

소탕에 큰 기여를 하여 결국 대도독(大都督)으로 취임되었다고 한다. 벼슬에 전혀 관심이 없는 흑수지만, 다른 것도 아닌 대도독이다. 전군을 지휘하고 통솔하는 벼슬이라는 것이다.

어쨌든 좋은 게 좋은 거라고. 그 덕분에 황제에게 바로 이 사실을 알릴 수 있는 인물이 있다는 것이다.

흑수는 오늘 있었던 일을 알리기 위해 서찰을 보냈다. 화약이 든 종이를 보내자니 위험하다 생각하여 같이 동봉하지는 않았다.

만약 그의 서찰이 구천춘에게 도착하게 된다면 그냥 넘길 수 없을 것이다. 사실 확인을 위해 조사를 하게 될 것이고, 아무리 철저히 숨긴다 하더라도 조사하다 보면 유출 경로를 알게 될 것이다. 이 사실이 밝혀지는 것은 시간문제라는 소리였다. 이건 구천춘에게 그 서찰이 도착하고 진상이 밝혀질 때까지의 시간 싸움이었다.

저녁 식사 후, 또다시 무인들이 자신의 자리를 사수했다.

"또 이번에는 무슨 술수를 쓰려는 거지?"

강 건너에 다수의 인파가 모여 있다. 그러나 뭔가 이상하다는 것을 짐작할 수 있었다. 다들 양손을 일자로 앞으로 내민 채 딱딱하게 서 있다. 몇몇은 깡충깡충 뛰고 있었다.

"포로를 잡은 걸까요?"

"우리의 사기를 떨어뜨리려고 포로를 처형시키려는 건 가?"

마교도들이라면 충분히 그럴 수 있다는 생각이 들었다. 이번 전투에서 끌려간 무인은 없지만, 여러 문파의 포로를 잡을 수도 있으니까. 항복하지 않으면 포로를 처형하겠다는 협박을 할 수도 있다.

그러나 그렇게 한다고 해도 물러날 수는 없다. 포로들에게는 미안하지만, 그들도 이해할 것이다. 여기서 항복할 수 없다는 것을.

"포로로 잡은 것치고는 좀 이상하지 않나요?"

흑수였다. 흑수는 이체제와 진류수의 뒤에서 다가오며 그들을 살피고 있었다.

"딱히 포박되어 있는 것도 아니고, 저들이 처형시키려는 분위기 같지도 않고……."

포로를 처형시키려고 했으면 무릎을 꿇려 놓고 바로 옆에서 칼을 꺼낸 채 대기하고 있었을 것이다. 그러나 그들은 포로들을 무릎을 꿇리기는커녕 강 앞까지 안내하고서는 뒤에서 대기하고 있었다. 뭘 하려는 건지 좀처럼 감을 잡을 수 없었다.

"설마 인간 방패로 쓰려는 건가?"

"오히려 반격당하지 않으면 다행이지요."

인간 방패로 쓴다는 건 그들도 위험을 감수해야 한다는 뜻이었다. 오히려 자신의 편에게 보내 주는 꼴이다. 게다가 복장을 갈아입히지 않으면 피아 구분을 할 수도 있었다. 도대체 뭘 하려는 속셈인지 좀처럼 파악하기 쉽지 않지만 한 가지 확실한 것은 공격할 조짐을 보이고 있다는 것이다.

"저들은 지치지도 않나. 정오에 그렇게 싸웠으면서 또 공격해 오려고 하다니."

진류수는 기가 찬 표정을 지었다. 무인들은 휴식을 취한 지 얼마 되지 않아 또 전투를 치르게 될 판이었다. 승리의 여운을 만끽할 시간도 그리 길게 주어지지 않았다.

그때였다. 또다시 강 건너편에서 뿔피리 소리가 들려왔다. 진격 명령이 떨어진 것이다. 그러자 강 건너에 있던 포로들이 앞장서서 건너오기 시작했다.

그 뒤에는 다수의 마교도들이 뒤따라 이동했다. 깡충깡충 뛰는 포로들이 강 중간까지 왔을 때, 앞에 있던 무인이 이를 이상하게 생각하고 뚫어지도록 바라본다. 곧 그 무인은 그들이 포로가 아니라는 것을 알았다. 그들은 적이었다. 그러나 그들은 보통의 적이 아니었다.

"가, 강시다!"

그 외침에 모든 이들의 얼굴이 사색으로 변하고, 곧 강시들과 충돌이 시작되었다.

＊　　　＊　　　＊

"카, 칼이……!"

우둑!

무인이 경악에 물드는 것도 잠시였다. 강시의 손이 무인의 목을 움켜쥐며 목뼈를 부숴 버린 까닭이다. 강시의 존재만으로도 공포에 휩싸여 있는데, 몸이 단단하고, 그 힘도 만만찮으니 경악할 수밖에 없었다.

"절정 이상의 무인들은 앞장서서 싸운다! 공격하라!"

강시는 어지간해서는 칼침이 잘 안 들었다. 진류수가 직접 발로 뛰며 앞장서서 강시와 충돌했다. 그의 일검에 강시의 목이 잘려 나가며 허수아비처럼 쓰러졌다. 일반적인 칼침은 잘 듣지 않지만, 검기를 씌우니 제아무리 강시라도 몸이 잘릴 수밖에 없었다.

쾅쾅쾅!

"크악!"

그러나 강시들의 손이 절정 무인들의 몸을 가격하고, 멀리 날려 보냈다. 깊은 내상을 입은 이도 있고, 즉사한 이도 존재했다. 그만큼 강시의 힘은 어마어마했다. 강시들은 하나같이 삐쩍 말랐으나 녀석들의 손은 바위를 어렵지 않게 부술 수 있는 괴력을 지녔다. 생전 무인이든 아니든 상관없다. 강시는 체구에 상관없이 괴력을 갖게 된다.

일류 무인들이 차지했던 그 자리를 절정 무인들이 대신한다. 흑수도 그들과 함께 앞서 나가 싸우는 중이었다.

'단단하다.'

흑수는 흑태도를 휘두르며 강시의 목을 베어 냈다. 강시하나가 흑수의 뒤를 노린다. 그러나 흑수는 이를 알고 있는 상황이다. 그가 뒤차기로 강시의 몸을 뒤로 날렸다. 뒤로 넘어진 강시를 향해 절정 무인 여럿이 달려들어 목을 잘라 냈다.

"어째 끝이 없군요."

팔을 베어도, 다리를 베어도 어떻게든 달려든다. 흑수는 전생에서 좀비 영화에서나 보던 장면이라고 생각했다.

"마교 놈들. 설마 강시를 투입시킬 줄이야."

이번에는 어떻게 공격해 올지 여러 가지 예상을 했는데, 그중 강시는 없었다. 설마 그들이 강시를 투입시키리라고는 상상도 못 한 까닭이다. 강시를 만들기 위해서는 많은 시간을 투자해야 한다. 강시들이 입고 있는 옷은 전부 제각각이다. 그중 일반 백성의 옷도 있지만, 익숙한 무복도 눈에 보였다.

그중에는 멸문한 문파의 무복도 상당수 보였다. 적이든

아군이든 관계없이 힘이 닿는 만큼 강시로 만들어 투입시킨 것이다. 이것은 큰 문제를 야기했다.

'이곳에서 죽으면 강시로 만들어진다는 뜻이다.'

편한 죽음은 없다. 자신이 죽으면 초야에 묻히는 것이 아니라 강시가 되어 자신의 문파를 공격하게 될지도 모르는 것이다. 죽으면 안 될 이유가 생겼다. 진류수는 이를 아득물었다.

"이 악독한 놈들!"

그는 강시들 중 자신의 문도를 발견한 것이다. 진류수는 어금니를 깨문 채 자신의 문도였던 강시의 목을 베어 냈다.

다들 강시들을 보고 분노하고 있었다. 죽은 이를 편히 하지 못하게 만드는 것인 데다, 모욕하는 행위나 다름이 없기 때문이다.

"강시술을 펼치는 영환술사를 찾아라! 분명 같이 도하했을 것이다!"

진류수가 소리치자, 무인들이 영환술사를 찾아내기 위해 바삐 움직였다. 그러나 그것은 쉽지 않았다. 영환술사는 강시들 뒤에서 안전하게 이를 지휘하고 있기 때문이다. 게다가 전투를 하면서 찾아내야 하니 더욱 힘들었다.

그러나 힘들다고 하더라도 강시를 물리치기 위해서는 영환술사를 찾아야 했다. 그들만 잡아낸다면 강시의 지휘 체계가 망가져 오합지졸이 되어 버릴 것이다.

"으, 으아악?!"

구종천의 목소리였다. 흑수의 시선이 그의 목소리가 들린 방향으로 향한다. 그곳에는 여럿의 강시를 혼자 상대하던 구종천이 있었다. 강시의 손이 그를 향해 뻗어지고 있었다.

흑수가 대지를 박찼다.

순식간에 그의 앞까지 도약한 흑수.

퍽!

강시의 주먹이 그의 등을 강타했다. 흑수는 인상을 찡그리며 강시의 목을 잡아채 넘어뜨리고, 주먹으로 녀석의 머리를 박살 냈다. 이를 지켜본 구종천이 물었다.

"자, 자네 괜찮나?"

흑수는 괜찮다는 듯 고개를 주억이며 주위에 있는 강시들을 향해 손을 휘저었다. 순식간에 화염이 몰아치며 녀석들의 주위로 뱀처럼 똬리를 틀었다.

화악!

순식간에 강시들의 몸에 불이 붙으며 탐욕스럽게 몸을 집어삼켰다.

"끼아아악!"

흑수가 인상을 찡그렸다. 입을 절대 열지 않던 강시가 불에 타니 소리를 지르는 까닭이다. 그것이 썩 좋은 소리는 아니었다. 고막이 찢어질 듯 엄청난 소리를 냈다. 청력이 좋은 흑수에게 그 소리는 상당히 괴로웠다.

"괜찮으세요?"

흑수가 구종천의 팔을 붙잡으며 그를 일으킨다. 그는 얼떨떨한 표정으로 흑수를 바라보았다.

"자네, 도술인이었나?"

"아뇨. 딱히 그런 건 아닙니다만."

남들이 보기에는 그렇게 보였을 수 있을 것 같았다. 오행신공을 응용하면 구종천이 말한 대로 도술인처럼 보일 수 있기 때문이다. 설명은 나중에 하기로 하고 그는 일단 구종천의 상태부터 물었다.

"다친 곳은요?"

"다행히 멀쩡하군."

"제가 보기에도 그래 보이네요."

흑수는 농담 삼아 장난스럽게 대답하고는 주위를 둘러본다. 강시를 막아 내고 있었으나, 뒤로 몰래 빠져나간 녀석들도 있어 방어선에서 일류 무인 다수가 피를 흘린 채 쓰러져 있는 것이 보였다. 다행히 절정 무인 여럿이 달려들어 진압된 듯싶었지만, 아직 강시는 많이 남아 있었다.

"저기 영환술사다!"

한 무인이 강시들 사이에서 움직이던 영환술사를 발견했다. 자신의 존재를 들킨 영환술사가 손을 흔들자 강시들이 그 주위로 모여들어 방어했다. 강시들이 진을 짜기 시작했다. 흑수가 대지를 박차 하늘 위로 도약하며 흑태도에 화기를 덮어씌운다. 그의 흑태도에 순식간에 불길이 일었다. 흑수는 불길에 감싸인 흑태도를 강시에게 휘둘렀다.

흑태도에 감싸인 불길이 강시들에게 날아가 녀석들의 몸을 집어삼켰다.

"끼아아악!"

공중에서 비명을 지르는 강시들. 흑수는 인상을 찡그리면서 강시들 한복판에 떨어졌다. 진류수가 이를 보고 화들짝 놀란다.

"거기서 얼른 나오게!"

진 한복판으로 뛰어든 흑수. 누가 보면 자살행위라고 생각할 만큼 무모했다. 영환술사는 황당한 표정으로 강시들을 지휘한다. 강시들이 일제히 흑수에게 달려들고, 손을 휘두른다.

카카캉!

"……?!"

영환술사가 먼저 반응했다. 강시들은 몇 번이고 더 흑수의 몸에 손을 뻗었지만, 그의 몸은 옷이 상할지언정, 몸에 생채기 하나 나는 일이 없었다.

'별것도 아니네.'

녀석들의 공격에 약간 고통이 따르기는 하지만, 그리 심한 것도 아니다. 금기를 끌어모으니 이미 그의 몸은 금강불괴나 다름이 없던 것이다. 흑수는 강시의 몸보다 튼튼했다. 그는 강시들을 무시한 채 영환술사에게 다가간다.

"마, 말도 안 돼!"

영환술사가 다시 명령했다. 자신에게 다가오지 못하도록 강시들이 그를 붙잡았다. 하지만 흑수가 멈추는 일은 결코 없었다. 강시들이 몇이나 달라붙어도, 그의 걸음 속도는 변함이 없었다.

"귀찮은 놈들."

그러나 자꾸 옆에서 귀찮게 달라붙으니 흑수도 귀찮게 느껴졌다. 강시의 차가운 피부가 소름 끼쳤다. 그가 화기를 끌어 올렸다. 강시들의 몸이 순식간에 발화(發火)했다. 녀석들의 소름 끼치는 절규 소리와 함께 흑수는 어느새 영환술사의 앞에 도착했다. 영환술사가 털썩 주저앉았다. 흑수는 흑태도를 들어 올렸다. 그리고 영환술사의 심장을 거침없이 찔렀다. 뜨거운 피와 함께 영환술사가 결국 짚단처럼 쓰러졌다.

강시들은 영환술사의 죽음과 함께 순식간에 숙주를 잃은

것처럼 이리저리 방황했다. 같은 강시를 공격하고, 뒤따르던 마교도들까지 공격했다. 이를 본 진류수가 소리쳤다.

"무인들은 뒤로 물러나라!"

강 건너편에서는 사태가 변했다는 것을 인지한 듯 퇴각 명령을 알리는 뿔피리 소리가 들려왔다. 대부분의 강시들이 그 소리를 듣고 강 건너편으로 이동하고 간밤의 전투는 그렇게 끝이 났다.

강시의 공격은 매서웠다. 전투를 시작한 지 세 시진이 지나서야 간신히 전투가 끝났다. 밤이 깊어 어느덧 축시(丑時, 01:00~03:00)가 되었다. 마교는 영환술사가 당할 것을 염두에 둔 것인지, 강시들을 다시 회수하는 데 주력했다. 그 과정에서 마교도들의 피해도 있었다.

"녀석들이 강시를 사용하는 이상 가만히 있을 수 없다."

진류수는 무인들을 이곳에 묻어 두는 것이 위험하다고 판단했다. 전사한 무인들 몇몇은 수레에 실려 고향으로 가기도 했지만, 전부 보내기에는 인력이 부족해 무덤을 만들어 땅에 묻었다. 그러나 마교도들이 이곳을 돌파하고, 점령했을 때 무덤을 파헤쳐 시체를 강시로 만들 것을 염려하는 것이다. 결국 진류수는 어려운 결정을 내려야 했다.

"무덤에서 시체를 꺼내 전부 화장하라."

결국 할 수 있는 최선이 이것밖에 없었다. 무덤을 다시 파헤치는 것은 고인에 대한 모욕일지 모른다. 그러나 강시가 되는 것은 그보다 심한 모욕이었다. 진류수는 그들도 이해해 줄 것이라 믿었다. 그는 무덤에 묻힌 무인들의 명복을 빌어 준 후, 무덤에서 시체들을 꺼내라 명령했다.

인근에 있는 나무들을 베어 나무를 쌓아 모든 시체를 올려놓고 화장했다. 아닌 밤중에 큰 불과 함께 검은 연기가 피어올랐다. 흑수는 이 과정을 지켜보다가 곧 인근 바위에 걸터앉았다. 주위를 둘러보니 다들 지친 기색이 역력하다. 하루에 무려 두 번이나 전투를 치렀으니 지치는 것도 무리는 아니다. 특히 그들의 예상치 못한 방법의 공격은 무인들의 사기에 큰 영향을 주었다.

첫 공격은 독을 이용한 공격이고, 두 번째는 강시이다. 마교도들이라면 이보다 더 심한 공격을 해 오리라는 생각을 하고 있었다. 다음은 어떻게 나올지가 더 의문이었다. 몇몇은 체력을 위해 억지로 잠을 청하고 있었다. 그러나 어느 때보다 길었던 하루가 잊히지 않는 듯 쉽게 잠에 들지 못하는 것 같았다.

다른 곳에 시선을 향하니 울고 있는 채소영과 이를 위로하는 구종천을 볼 수 있었다. 아무래도 이번 전투가 그녀에겐 꽤 충격적이었는지 울음을 터트린 모양이다. 다른 곳에서는 남몰래 숨죽여 울고 있는 무인도 있다. 아무리 무공을 배우고, 내공을 쌓은 무인이라도 이런 충격적인 일에는 버틸 재간이 없던 모양이다.

흑수도 마교도들을 인정했다. 그들이 이를 노렸다면 크게 성공했다고 말해 줄 수 있었다. 한두 명도 아니고 다수의 무인들의 눈에 눈물을 흐르게 만들 정도로 정신적인 타격을 주었다. 앞으로의 전투가 두려운 무인도 생겨나고 있었다.

'심리전 하나는 끝내주네.'

흑수는 그들 사이에서 보였던 마현을 잊지 않았다. 전쟁에서 비겁은 없다고 하던가. 이 작전이 그의 머릿속에서 나온 것이면 정말 칭찬해 줄 일이었다.

* * *

"생각보다 잘 막아 내는군."

마현은 강 건너편을 바라보다가 미소를 지었다. 잘 막아 냈다고 하더라도 그들의 피해가 아예 없다고는 할 수 없었다. 강시들의 손에 죽은 무인만 해도 대략 이백여 명이 넘었던 것이다. 강시의 피해는 조금 뼈아프기는 했으나, 그래도 서른 구 이상은 쓸 수 있었다. 시간은 저들의 편이다. 그러나 남아 있는 시간만큼 그들을 괴롭히는 것은 가능했다.

"소교주님. 강시와 교도들이 복귀했습니다."

참모가 다가왔다. 마현은 뒷짐을 진 채 몸을 돌려 그를 바라본다.

"그래, 피해 상황은?"

"강시 예순 구의 피해를 입었습니다. 쉰 구는 강 건너편에 있고, 열 구는 돌아왔으나 팔과 다리가 하나씩 없어졌습니다. 교도들은 백 명이 순교하였고, 쉰일곱 명이 부상을 입었습니다."

"이번에는 우리보다 저들의 피해가 크군."

강시는 시간만 들인다면 언제든 만들 수 있다. 다만 강시를 만드는 시간이 오래 걸린다는 것이 단점이다. 죽은 이를 가지고 만들 수 있는 것이기 때문에 피해라고 할 것도 없었다. 저들은 이보다 더 심한 피해를 입었기 때문이다. 이번 공격은 성공적이라고 말할 수 있었다.

"전투에서 부상을 입은 교도들을 치료하고, 보살펴라. 영환술사들에게 일러 강시를 빨리 투입시킬 수 있는 방도를 모색하라 이르라. 그리고 백 명의 교도들을 선발해 강 앞에 대기하라 이르라."

"존명!"

마현의 명령에 참모가 빠르게 사라졌다. 그는 평소처럼 강 건너를 바라보며 여운에 잠겼다.

                    *   *   *

　"후우, 미치겠군."

　진류수는 지친 표정으로 머리를 쓸어 올렸다. 어제의 공
격에 이어 모든 무인들이 뜬눈으로 밤을 지새웠기 때문이
다. 백 명의 마교도들이 진을 짜고 강 건너에서 대기하고
있던 까닭이다. 휴식을 주지 않도록 하기 위함이라는 것을
알아챈 것은 일각도 되지 않았다. 그렇다고 대비를 하지 않
을 수도 없으니 미칠 노릇이다.

　'다들 기력이 없어 보이네.'

　절정 고수들은 하루 정도 안 잔 것으로는 아무렇지 않았
다. 그러나 이곳의 대다수를 차지하고 있는 일류와 이류 무
인들은 달랐다. 이미 지칠 대로 지친 상태에서 제대로 된
휴식도 취하지 못했으니 기력이 꽤 줄어든 까닭이다. 몇몇
은 쪽잠을 자고 있었다. 그들이 어떻게 나올지 모르니 원군
이 오기 전까지 버틸 수 있을지 의문이었다.

　"강 건너에서 누군가가 오고 있습니다!"

　한 무인의 외침에 진류수의 시선이 강 건너로 향한다. 마
교도들이 있던 곳에서부터 두 명의 남성이 이쪽으로 건너
오고 있었다.

한 명은 젊은 사내였고, 다른 한 명은 중년의 남성이었다. 단둘이서 건너오는 의중을 모르겠다는 표정의 진류수. 그가 이체제를 바라보며 물었다.

"저들의 의중이 뭐라고 생각하나?"

"저도 잘 모르겠습니다. 아무리 봐도 판단하기가 힘들군요. 하지만 고강한 무인들이라는 것만큼은 알 것 같습니다."

진류수도 그것을 느끼고 있던 참이다. 중년의 남성도 만만찮은 실력자이지만, 그 옆에 있는 사내는 훨씬 뛰어난 자로 보였다. 무엇보다 그들의 기세가 이곳까지 전해져 오는 것 같았다. 무엇을 의도하고 이러는 것인지 좀처럼 감을 잡지 못했으나, 그들은 강을 건너오고, 중간 지점에서 멈춰섰다. 중년의 남성이 크게 소리쳤다.

"종남파 장문인과 단흑수는 나오시오!"

"……대화를 하자는 것 같습니다."

"그런 것 같군. 그런데 명장은 도대체 왜 나오라는 거지?"

그들이 의도하는 것을 더 모르겠다는 표정이다. 그 소리를 들었는지, 흑수가 이쪽으로 다가왔다. 그는 어제 전투를 치른 무인들의 무기를 수리를 하고 있다가 나온 것이다.

그가 손에 묻은 흙을 털어 내더니 곧 강 근처에 있는 두 명의 남성을 볼 수 있었다. 그중 한 명은 그에게 낯이 익은 이였다.

"……마현."

"마현?"

"중년 남성 옆에 있는 자가 마현입니다."

"그와 아는 사이인가?"

"잘 아는 건 아니지만, 섬서성으로 오는 길에 전투를 치른 적이 있습니다. 그는 마교의 소교주입니다."

그 말에 진류수와 이체제의 얼굴이 화등잔처럼 커졌다. 다른 이도 아니고 마교의 소교주라니! 그들은 놀라움을 감추지 못했다.

"마교의 소교주가 이곳까지 왔다는 겐가? 허!"

이체제는 기가 막힌 표정을 거두지 못했다. 교주 다음으로 권위가 높은 자라면 당연 소교주였다. 그리고 훗날 마교를 이끌 인물이라는 소리이기도 했다. 그런 자가 직접 지휘를 하고 있다니. 아주 놀라울 따름이다.

"그자에 대해 아는 바를 말해 주게."

"저와 같은 화경의 경지이고, 실력이 매우 출중한 자라는 것밖에 모릅니다."

"그래, 자네와 같은 화경……."

이체제는 말을 하다 말고 화들짝 놀랐다.

"잠깐. 자네 지금 뭐라고 했는가?"

"화경이라고 했습니다."

"자네도 화경이라고?"

"예. 뭐가 잘못됐는지요?"

이체제는 얼떨떨한 표정으로 그를 바라보았다. 그의 내공이 깊은 것은 알고 있었지만 설마 그가 화경의 경지까지 도달했으리라고는 상상도 못 한 까닭이다. 그러나 진류수는 크게 놀라지 않았다. 그가 말하지 않았고, 조사한 바와 조금 다를 뿐이지만, 첫 대면에 대충 눈치를 챘기 때문이다.

"허, 허허…… 이거 아무래도 그간 자네에게 결례를 저지른 것 같군."

지금이라도 호칭을 바꿔 부를까 진지하게 생각하는 이체제. 그러나 흑수는 딱히 개의치 않았다. 딱히 대우를 바라는 편도 아니기 때문이다. 오히려 윗사람이 아랫사람에게 눈치 보는 모습이 더 불편하다.

"결례라고 할 것도 없습니다. 전 무인이 아니니까요. 강호의 예법은 신경 쓰지 마세요. 평소처럼 대해 주셔도 됩니다."

차라리 하던 대로 하는 게 낫다고 생각했다. 인제 와서 바꿔 봤자 어색하기만 할 뿐이다. 이체제도 내심 바꿔 부르기 좀 불편했던 차였기에 거절치 않았다.

"큼큼! 그럼 그러도록 하지."

"그런데 지금 잡담을 나눌 때는 아닌 것 같습니다. 저쪽에서 부르는데, 어찌할까요?"

도대체 무슨 용무로 이곳으로 온 것일까.

"가는 게 좋을 것 같군."

진류수는 내심 그것이 궁금하기도 했기에 그들의 부름에 응하기로 했다.

"저들이 무슨 수작을 부릴지 모르니 저도 따라가겠습니다. 장문인께서는 호위도 한 명 붙이는 게 좋지 않겠습니까?"

"그게 좋을 듯싶군."

진류수는 이체제의 말에 수긍하고 호위로 한 명 선발해 같이 흑수와 이체제와 함께 이동했다. 좁은 길 한가운데 서 있는 마현. 그들 앞으로 도착하자 마현이 빙그레 웃었다.

"소교주 마현이라고 합니다."

마현이 포권을 쥐며 인사한다. 진류수는 꺼림칙한 표정을 지으면서 같이 포권을 취했다.

"종남파의 장문인, 진류수라고 한다."

서로 적이고, 증오하는 마교도라고 하지만 상대가 먼저 예를 갖추면서 오면 박대하기도 힘들었다.

서로 통성명을 나눈 후, 마현이 주위를 둘러보았다. 초절
정의 무인 두 명이 추가적으로 붙어 있었다.

　"헌데…… 전 종남파의 장문인과 단흑수만 나오라고 했
습니다만. 제 부하가 잘못 말한 건 아니고, 혹 잘못 들으신
것인지요?"

　"네놈들이 무슨 짓을 할 줄 알고?"

　그 대답을 한 것은 이체제였다. 두 명밖에 없다고 하지만
그들이 무슨 술수를 벌일지 모르니 같이 따라온 것이다.

　"하기야, 서로 신뢰도 없으니 이러는 것도 당연한 것이
겠지요. 서로 불상사가 일어나도 별로 상관없습니다만."

　마현은 그러거나 말거나 신경 쓰지 않는 듯 보였다. 마현
은 이체제가 포함되어도 딱히 위협이 되지 않는다는 것을
돌려 말한 것이다.

　이를 모를 리 없는 이체제는 자신이 무시를 당했다는 것
을 알고 인상이 종이처럼 구겨지며 손이 검으로 향했다. 진
류수는 손을 뻗어 이체제를 제지했다.

　"시비를 걸고자 온 것은 아닐 테고. 마교의 소교주라는
자가 무슨 일로 그 무거운 엉덩이를 떼고 온 거지?"

　"온 이유는 별것 없습니다. 서로 피해가 누적되면 좋을
것 없지 않습니까."

　"항복하려는 겐가? 그렇다면 내 받아 주도록 하지. 포로

로서 적절한 대우를 해 주겠네."

진류수는 여유로운 표정으로 그리 대답했다. 상황이 그리 좋은 편은 아니라고 하지만 버티기만 하면 되는 무림맹이다. 원군이 도착하려면 시간이 조금 있으나 죽을 각오로 싸우면 못 버틸 것도 아니었다. 이를 듣고 있던 마현이 피식 웃었다.

"굳이 그럴 필요는 없습니다. 오히려 그것은 제가 할 말입니다. 걱정하지 마시지요. 곤륜파, 사천당문, 공동파의 장문인들은 모두 죽지 않고 살아 있으니까요. 청성파와 아미파의 장문인은 저항이 심해 어쩔 수 없이 죽였지만요."

"그래서, 하고 싶은 말은?"

"지금이라도 항복하시거나 본 교의 뜻에 따르겠다면 그만한 예우는 물론, 공을 치하해드릴 수도 있습니다. 아, 화산파도 예외는 아닙니다."

그의 말에 진류수의 얼굴이 와락 일그러졌다. 그 옆에 있는 이체제도 마찬가지였다.

"종남파가 우스워 보이는 모양이지?"

"화산파를 모욕하다니. 그러고도 무사할 성싶으냐?"

"모욕이라니요. 저는 단지 미래의 강호를 위해 서로 피를 보고 싶지 않을 뿐입니다."

흑수가 그 말에 피식 웃었다. 정말 말도 안 되는 소리다.

피를 보고 싶지 않으면 이런 일을 벌이지 말아야 했다. 마교가 일어나기 전까지 강호는 평소 흘러가는 대로 가고 있었다.

"같잖은 소리 집어치워라!"

진류수가 노성을 터트렸다. 그의 이마에 핏줄이 튀어나왔다. 지금 당장이라도 전투가 벌어질 것처럼 흉흉한 기운이 감돌았다.

찌릿찌릿.

흑수는 몸이 따끔하다고 생각했다. 그의 살기가 피부를 따끔하게 찌르고 있었다. 지금까지 보았던 진류수가 아닌 것 같았다.

"그렇습니까? 그럼 별수 없지요. 종남파와 화산파도 여타 문파와 같이 강호에서 없애도록 하겠습니다."

마현은 그 강한 기세를 앞에서 맞이하면서도 가소롭다는 듯 웃었다.

마치 지금 이 상황을 즐기는 것 같았다.

"뒤늦게 후회하셔도 안 봐 드릴 테니 신중히 결정하시는 게 좋을 것 같습니다."

"네놈의 세 치 혀에 넘어갈 정파는 없으니 염려 말거라. 지금 당장 종남파가 멸문한다 하더라도 쉽게 당하지만은 않을 것이니."

진류수의 눈빛이 더욱 날카로워진다. 마현은 알겠다는 듯 고개를 주억이며 후후 웃었다.

"할 수 있다면 말이지요. 화산파와 종남파가 제 앞에 무릎을 꿇고 비굴하게 목숨을 구걸하는 날이 없기를 바랍니다."

"이놈이? 얼른 이놈들을 당장 베어 버리시지요!"

이체제가 더 이상 참을 수 없다는 듯 검을 뽑아 들었다. 흑수가 그를 말렸다. 화가 나는 건 이해하지만, 지금은 참을 때였다. 진류수도 이체제와 같은 마음이지만, 쉽게 할 수 있는 것도 아니었다.

"지금 당장 해 보시겠다면 상관없습니다. 하지만 목숨은 보장 못 하지요."

"젊은 놈이 깡도 있군."

"깡이 없었다면 소교주라는 이 자리에 있지도 못했을 것이고, 진즉에 정적들에게 빼앗겼겠지요."

그 말에 진류수의 눈빛이 이채가 띠었다.

"괜한 기대를 하지 않는 편이 좋습니다. 정적이라고 해도 이제는 이 세상에 없는 자들이니까요."

마현이 비릿하게 웃었다. 그 미소를 보고 정적들을 모두 척살했다는 걸 알 수 있었다. 마현은 곧 흑수에게 시선을 향했다.

"그럼 이제 네 차례다. 너의 뜻은 어떻지?"

흑수가 그 말에 피식 웃었다. 자신을 부른 이유가 고작 회유책인가 했던 것이다.

"거절한다. 백 매를 노리고 있는 이상 넌 내 적이다. 회유에 넘어가면 백 매를 네놈에게 바쳐야 할 텐데, 미쳤다고 내가 그럴 것 같아?"

"그래? 그럴 줄 알았지만 막상 들으니 실망인데? 그나저나 눈빛이 달라졌군. 또 뭔가 변했어. 그새 성장한 거냐, 반푼이?"

그는 여전히 흑수를 반푼이라고 말했다.

"이번에는 전처럼 일방적으로 당하지만은 않을 거다."

"그래, 그렇게 나와 줘야지. 네놈에게는 잔뜩 기대하고 있다고. 날 실망시키지 마라."

마치 어린아이처럼 천진난만하게 웃고 있는 마현. 하지만 그의 눈만큼은 절대로 웃고 있지 않았다. 그 모습에 상당한 괴리감이 느껴져 오한이 들 정도였다.

"얘기는 여기까지입니다. 그럼 오늘 정오를 기대하시지요."

그 말은 정오에 공격을 해 오겠다는 뜻이다. 그의 말에 진류수의 인상이 잔뜩 찡그려졌다.

"한 가지 물어보지."

"말씀하시지요."

"왜 공격한다는 걸 말해 주는 거지?"

진류수는 그것을 가장 의심스럽게 생각했다. 공격할 것이라는 걸 왜 굳이 알려 주는지 모르겠다는 듯 보였다.

"혹 속임수라면 같잖은 수이고, 사실이라면 바보 같은 일이라고 말해 주고 싶군."

"적에게 훈수를 두시는 겁니까? 이렇게 감사할 수가. 아차, 왜 공격한다고 말해 주느냐고요?"

그가 방금 전까지 보였던 화사한 미소는 사라지고, 사이하게 웃었다.

"점점 다가올 시간에 공포에 떨 모습을 상상하는 것만으로도 즐거워지기 때문이지요."

흠칫!

이체제의 어깨가 흠칫 떨렸다. 그에게서 느껴지는 강대한 기운과 그가 한 말은 제정신으로 한 말이라는 걸 느낀 까닭이다.

"대화는 즐거웠습니다. 뭐, 서로 소득이 없는 유익하지 않은 대화였지만요."

그 말을 끝으로 마현이 뒤를 돌아 다시 강 건너편으로 향했다. 경계도 하지 않고 적을 앞에 두고 등을 보이는 그 모습이 황당하기도 했지만, 어떻게 보면 그가 내비치는 자신감일지도 몰랐다.

"젊은 놈이 단단히 미쳤군. 저런 놈에게 찍히면 인생이 피곤해지겠어."

"……."

그 말에 흑수는 인생이 피곤해지겠구나, 하고 생각했다.

제3장

혈전 (下)

　이제 전투 가능한 인원은 천 명이 조금 안 됐다. 어제 두
번의 공격으로 다수의 부상자가 발생한 탓이다. 게다가 간
밤에 있었던 마교의 공격으로 무인들의 사기가 꺾였다. 눈
앞에 닥친 마교의 병력 탓에 더욱 두려움에 떠는 무인들이
늘어났다. 이제는 그들도 작정을 한 듯 보였다. 강행 돌파
인가, 아니면 또다시 함정인가.

　'무인들의 사기가 꺾이고, 지친 상태이니 강행 돌파일
가능성이 크겠군.'

　이 기회로 최대한의 피해를 입히거나, 아예 승부를 볼
속셈일 것이다. 총공격을 감행하면 자신들이 버티지 못하

고 도주할 것이라고 생각한 것이리라. 게다가 마현은 가장 앞에 서 있었다. 그 외에도 다수의 고수들이 전방에서 포진하고 있었다. 멀리서도 그들의 기백에 억눌려지는 기분이었다.

다수의 고수를 가지고, 전체 인원이 삼천여 명이나 되는 마교. 반면 이쪽은 천 명이 조금 안 되는 숫자였다. 진류수가 슬쩍 뒤를 바라보았다. 두려워하는 이들도 있으나, 다들 자신의 무기를 꼬나쥔 채 긴장을 풀고 있었다.

'믿음직스럽군.'

절대 물러나지 않겠다는 의지가 보였다. 충격적인 공격이 두 번이나 있었지만, 이 정도로 겁을 먹지 않았다. 종남파와 화산파, 그 외 다수 중소 문파들의 무인들. 그들은 다들 초췌한 몰골이었다.

어제 치른 두 번의 전투와 잠도 제대로 취하지 못한 채 세 번째 전투를 치를 판이니 초췌해지는 것도 무리는 아니다.

그러나 그들은 '마교도들을 막는다.' 이 하나의 뜻으로 뭉친 이들이다. 두려워할지언정 명령이 있을 때까지 물러나지 않겠다는 듯 보였다.

진류수는 이번에는 옆을 바라보았다. 그곳에는 흑수가 목을 꺾거나 발목과 손목을 돌리며 몸을 풀고 있었다.

"힘든 싸움이 될 게야."

진류수가 흑수의 어깨에 손을 얹었다. 흑수가 고개를 주억였다.

"지더라도 최대한 피해를 입힌다고 생각하고 싸우는 싸움 아니었던가요?"

"그렇지."

그것이 원래 계획이다. 막을 수 있으면 좋고, 못 막아도 최대한 피해를 입혀 두는 것이 그들의 목적이다. 눈앞에 보이는 병력이 마교의 전부는 아니라고 하더라도 그들에게 피해를 입혀 두면 분명 나중에 큰 힘이 될 수 있으니까. 지금까지 잘 막았다고 할 수 있었다. 시간도 잘 버렸다. 아직 시간은 좀 남았으나 그들이 작정하고 돌파한다면 결국 숫자에 밀릴 수밖에 없을 것이다.

"저도 열심히 하도록 하죠. 저들도 이번에 아예 몰아칠 생각 같으니까요."

"그래 주면 고마울 따름이지."

흑수가 적극적인 도움을 준다면 분명 큰 힘이 될 것이다.

"후우! 화산파에 돌아갈 때 마교도들의 수급을 챙겨서 가져가겠군."

이체제는 몸을 뻗으며 뻣뻣해진 몸을 풀었다. 곧 그들

에게서 뿔피리 소리가 들려오고, 마교도들이 진을 펼친 채 이쪽으로 다가오기 시작했다.

이체제가 소리쳤다.

"매화검진(梅花劍陳)을 펼쳐라!"

그의 외침에 화산파의 무인들이 매화검진을 펼쳤다. 좁은 곳에서의 진법은 그 효과를 톡톡히 발휘할 것이다. 이에 질 수 없다는 듯 진류수도 거들었다.

"쇄월검진(碎月劍陳)을 펼쳐라!"

종남파의 무인들도 한곳에 뭉쳐 점점 견고한 진법을 만들어 냈다. 흑수가 보기에도 어지간한 무인들은 쉽게 뚫을 수 없는 견고한 진법이었다. 중소 문파의 무인들도 마찬가지로 진법을 펼친다. 그들의 숫자를 감당하기 위해서는 진법을 펼쳐 최대한 버티는 것 외에 방법이 없다는 것을 아는 까닭이다.

이제 저들을 막을 수 있게 대처했다. 올 테면 와 보라는 듯 모든 무인들의 눈에 생기가 감돌았다.

빠르게 강을 도하한 마교도들. 그리고 앞장 서 있던 마현이 잠시 멈춰 서더니 씩 웃었다.

'또 무슨 짓을 하려는 건가?'

'이것 말고도 다른 일을 벌일 거라고?'

또 예상치 못한 공격인가. 저들이라면 충분히 가능성이

있었다. 이미 백날 예상해 봤자 소용없다는 걸 깨달은 진류수와 이체제다. 그들이 뭔 짓을 할지 몰라 더 두려웠다.

마현은 앞으로 손짓을 했다. 그러자 다섯 명의 마교도가 앞으로 나오더니 뭔가를 주섬주섬 풀었다.

"……?"

그들이 꺼낸 것은 나무 상자였다. 그 안에는 대나무 통들이 잔뜩 엮여 있었다. 그들은 대나무 통에 이어진 긴 줄을 목에 달기 시작했다.

"도대체 뭘 하려는 거지?"

아무리 생각해도 뭘 하려는 건지 감을 못 잡겠다는 표정의 진류수. 이체제도 그렇지만 흑수도 무슨 의도인지 전혀 모르겠다는 표정이다.

그들이 전부 준비를 마치자, 마현이 만족스럽다는 듯 웃었다.

"공격하라."

소리치지 않는 조용한 목소리. 그러나 그의 목소리는 마교도는 물론 무림맹의 무인들에게까지 전해졌다.

마교도들이 함성을 내지르며 총공격을 감행하고, 대나무 통을 목에 주렁주렁 매고 있는 마교도들이 달려오면서 부싯돌로 불씨를 일으켰다.

치지직—!

곧 대나무 통에 엮인 줄이 발화하며 타들어 가기 시작했다. 흑수는 녀석들이 의도를 가장 먼저 깨달았다.

"화, 화약! 자폭하려는 속셈입니다!"

그의 외침에 화들짝 놀란 진류수와 이체제. 그의 말이 사실이라면 매우 위험했다. 한곳에 뭉칠 수밖에 없는 진법에 돌격해 폭발시킨다면 그 누구라도 피해를 입을 수밖에 없는 까닭이다.

"으아아아! 천세만세 본교천하!"

"이런 미친 새끼들!"

심지에는 불이 붙어 있다. 강을 건널 때 심지와 화약이 젖지 않도록 나무 상자에 함께 보관한 것이다.

그들은 절대로 뚫지 못할 진법에 더 가까이 가려고 한다. 흑수는 이를 막기 위해 수기를 끌어 올려 녀석들을 잡으려고 할 때였다.

"방해하지 마라, 반푼이!!"

마현의 고함과 함께 살기를 느낀 흑수가 급히 흑태도를 들었다. 그의 흑태도와 마현의 검이 서로 부딪치며 금속성을 냈다.

"큭!"

흑수가 침음했다. 마현은 순식간에 이쪽으로 도약해 흑수를 가장 먼저 막았다. 진류수와 이체제가 이를 막기 위해 화약통을 매단 마교도을 공격하려 했지만, 또 다른 교도들이 그들을 막아 냈다.

마교도들은 화약통을 매달고 있는 마교도들을 보호하듯 막고 있어 접근 자체가 쉽지 않았다. 다른 이들은 어떻게 할 방법이 없었다. 결국 화약을 자신의 몸에 칭칭 감았던 마교도들이 진법으로 뛰어들었다.

콰콰쾅!

폭발과 함께 비명 소리가 들려온다. 여러 명이 뭉친 곳에서 화약이 터지며 진법이 무너져 버렸다.

미처 피할 틈도 없고, 설마 자살 공격을 해 올 줄 몰랐기 때문에 피해는 더 심했다. 흑수가 이를 보며 치를 떨었다.

"자살 공격을 시키다니. 제정신이냐!"

"이건 내가 시킨 게 아니라 교도들이 충성심을 보이겠다며 한 일이다. 다들 죄가 하나씩 있는 교도들인데, 스스로 이 일에 참가하겠다고 했다."

충성심은 개뿔. 흑수는 화약을 가득 들고 뛰어들었던 마교도들의 얼굴을 보았다.

그들은 눈물과 콧물이 섞인 처절한 표정으로 달려들었다. 그 마교도들은 결코 충성심으로 행한 일이 아니었다. 분명 누군가가 압박한 것이거나, 가족들에게 위해가 갈까 봐 마지못해 행한 일일 것이다.

무엇이든 가능성은 열려 있다. 그렇기에 더욱 치가 떨린다.

'이 바보 같은 놈은 자기 부하들을 도구로 보고 있어.'

제아무리 적이라고 하지만 이런 미친 행위에는 치가 떨렸다. 마현은 딱히 신경 쓰지 않는 것을 보니 가장 효율적인 방법이라 생각한 것 같다. 확실히 방금 전 자폭 공격으로 꽤 많은 사상자가 발생했다.

"너는 진짜 상종도 못 할 새끼다."

흑수는 인상을 구기며 마현의 검을 위로 쳐 냈다. 마현이 몇 걸음 뒤로 물러나며 찌르듯 들어온다.

"그건 네가 판단할 게 아니지. 날 판단하는 건 교도들이니까."

"자의식 과잉도 그 정도면 정신병이다!"

마교도들이 소교주를 모욕할 리가 있나. 흑수는 혀를 차며 도강을 씌우며 그에게 휘둘렀다. 마현은 검강으로 맞섰다. 흑수는 자신에게 맞춰 주는 것 같아 또 기분이 나빴다.

'아냐, 오히려 이것이 기회를 노릴 수 있다.'

방심이 본인의 목을 옥죄리라는 것도 모른 채, 마현은 실망감 어린 표정이었다.

"뭐야, 눈빛은 달라졌는데 도법은 전혀 달라진 게 없잖아. 여전히 내공만 괴물 같은 반푼이로군. 오전에 했던 말은 도대체 어디 간 거냐."

"……."

흑수는 말을 하지 않기로 작정한 듯, 갑자기 흑태도를
비스듬히 세워 앞으로 내뻗었다. 서로 대치하고 있던 검과
도가 어긋났다. 마현은 그 상황에서 검을 휘둘렀다. 흑수
는 고개를 숙여 검을 피해 냈다. 흑수가 흑태도를 휘둘렀
다.

"두 번이나 통할 거라고 보았나!"

마현이 검을 일자로 세웠다. 흑태도가 닿지 않았는데 검
에 뭔가 부딪치는 소리가 울려 퍼진다. 자신에게 검상을
입혔던 그것이었다. 이번에도 이렇게 나올 줄 알았기에 미
리 대비한 것이다. 그러나 흑수의 얼굴에는 자신감이 있었
다.

얼굴에 의아함이 생기고, 흑수가 왼손을 내뻗었다.

곧 그의 손에서 화염이 터져 나오고, 마현의 얼굴에 당
혹감이 서렸다. 그가 옆으로 몸을 억지로 비틀었다. 화염
은 그의 뒤로 향하고, 뒤에 있던 마교도들에게 영향을 끼
쳤다.

"……뭐지, 방금 그건?"

"알려 줄 것 같냐?"

흑수의 기이한 힘에 놀란 마현은 기가 찬 표정이었다.

그래도 곧 미소를 지었다.

"달라지긴 했구나. 그렇게 나와 줘야지."

이제 좀 할 만하다고 느끼는 찰나, 마현은 심상치 않은 기운을 느끼고, 빠르게 검을 뒤로 놀렸다. 그 순간 그의 검에 이질적인 충격이 닿았다.

"……무슨 짓을 한 거지?"

마현은 자신이 쳐 낸 것이 무엇인지 모르는 상태로 의문을 표했다. 그의 검에는 물방울이 묻어 있을 뿐. 그 작은 물방울조차 검강으로 인해 금방 사라져 버렸다. 흑수는 또다시 손을 뻗었다. 또다시 무언가가 그를 향해 날아든다. 그가 행한 일이라는 것은 확실했다. 그러나 어떻게 한 것인지 감을 못 잡았다. 흑수는 몇 차례 더 수기를 끌어 올려 물방울을 날렸다.

마현은 물방울이 날아오는 방향을 예측해 피해 내거나 검강으로 쳐 냈다. 그로 인한 피해자는 뒤에 있던 마교도들이었다.

'아군에게 향하지 않도록 조심해야 한다.'

흑수는 그 점을 생각해 아군이 밀집되어 있지 않은 방향으로 수기를 끌어 올렸다.

흘깃.

흑수는 잠깐 틈이 생긴 사이에 진류수와 이체제가 싸우

는 것을 바라보았다. 잠깐 본 것이지만, 꽤 고전하고 있는 것이 보였다. 마교도들은 진법을 향해 뛰어들고, 무인들은 이를 막기 위해 재빨리 자리를 다시 메웠다.

"이제 대충 알겠군."

캉!

낭랑한 소리와 함께 흑수가 날린 물방울이 옆으로 튀었다. 그로 인해 진을 짜고 버티고 있던 무인의 머리를 관통했다.

마현은 이를 놓칠 리 없었다. 그는 집요하게 무림맹이 밀집해 있는 곳을 찾아 계속 움직이며 그의 능력을 제한했다. 때때로는 각도를 계산해 물방울을 쳐 내며 아군의 피해를 유도했다.

흑수는 수기를 너무 빨리 썼다고 생각하며 비장의 한 수로 남겨 두기로 했다. 그가 마현에게 신형을 날렸다. 마현은 이에 질세라 같이 검을 부딪쳐 온다.

카앙!

도강과 검강이 서로 부딪치며 불똥이 튀었다. 흑수의 눈이 찌푸려지고, 마현의 얼굴은 미소가 피어오르고 있었다.

"여유가 없어 보이는구나, 반푼이."

"시끄러워."

"잔재주가 많이 늘었어. 하지만 그 정도로는 내게 아무런 피해도 입히지 못해!"

휘익!

그의 검강이 바람처럼 빠르게 그의 팔을 스쳤다.

"큭!"

공격을 당한 흑수가 몇 보 뒤로 물러난다. 하지만 마현은 그가 물러난 만큼 앞으로 전진하며 더욱 몰아친다. 자세와 균형이 깨진 흑수가 버거운 듯 인상을 찌푸린다. 처음에 대치했던 것과 달리 이제 전투는 마현이 주도하게 되었다.

역시 며칠간 자신의 힘을 파악했어도 이것을 제대로 응용하기 위해서는 시간이 부족했던 것도 분명 있었다.

'조금만 더 시간이 있었으면 이렇게까지 밀리지 않았을 텐데.'

그러나 어쩔 수 없는 문제였다. 그간 자신의 힘이 강대하다는 것을 알고 제대로 알아보지 못한 안이함으로 생긴 일이다. 사실은 화경과 초절정 중간 단계에 있었는데, 화경이 되었다고 철석같이 믿어서 생긴 일이다. 게다가 백화령과 함께 지내면서 그간 몰랐던 여성과의 맛을 알았다고 수련을 게을리했던 적도 있었다. 결국 자업자득인 셈이다. 누굴 탓할 수도 없었다.

'안이함이 부메랑처럼 내게 돌아온 게지.'

그렇다고 이대로 물러날 생각은 추호도 없었다. 진류수도 그렇고, 이체제도 그렇고. 아니, 이곳에 모인 모든 무인들은 죽을 각오로 마교도과 싸우고 있었다. 피아에 관계없이 모두가 거친 숨소리를 내뱉으면 싸우고 있다. 흑수가 물러난다고 해결될 일도 아니다. 애초에 물러날 곳도 없다. 이곳에서 반드시 승부를 봐야 했다.

　'하지만 어떻게?'

　"잡생각이 많구나."

　그 순간, 흑수는 아차 했다. 전투 중임을 망각하고 잡생각을 너무 많이 했다. 마현의 검이 흑수의 팔을 노렸다. 흑수가 재빨리 팔을 내뺐지만, 피해가 아주 없지는 않았다.

　"큭!"

　팔목에 선혈이 그어지며 피가 흘러나온다. 손에 들려 있던 흑태도를 놓쳤다. 마현은 검을 내뻗으며 목을 겨눴다.

　"고작 이게 끝이냐? 이게 전부였어?"

　역시 자신은 마현을 이길 수 없던 것인가. 그도 그럴 것이, 자신과 마현은 자라 온 배경이나 무공을 배운 방식 자체가 달랐다.

　흑수는 자신 스스로 독학하고, 자신에게 맞게 개발해 연마했다면, 마현은 타고난 재능과 체계적인 방법을 토대로 지금의 경지에 다다랐다.

경지가 같다고 해도 숙련도에 있어서 흑수가 당연히 부족할 수밖에 없었다.

'끝났네.'

흑수는 모든 걸 다 포기한 듯 한숨을 푹 내쉬더니 자리에 털썩 주저앉았다. 그리고 두 손을 들었다.

"실망이군."

마현이 한숨을 푹 내쉬었다. 처음에는 나름대로 기대했는데, 결국 결과는 허무했다. 그의 사기는 벌써 꺾여 있었다.

흑수라면 이 정도로 포기하지 않을 줄 알았건만. 결국 그는 여전히 대장장이라는 틀 안에서 벗어나지 못했다. 무인이라는 자각이 있었더라면 이렇게 허무하게 패배를 승낙하지 않았을 것이다. 오히려 죽을 때까지 발악이라도 했을 것이다.

아니, 오히려 지금보다 더한 괴물이 되어 있었을 것이다. 자기 혼자서 어떻게 할 수 없는 괴물 말이다. 결국 그는 스스로 그 틀 안에 갇혀 있다는 것이 문제였다.

"항복하는 거냐?"

"그래."

"생각보다 쉽게 항복하는군."

"목숨이 아까운 줄 잘 알거든."

이길 수 없다는 걸 체감한 흑수는 항복 의사를 밝혔다. 마현에게는 더할 나위 없이 좋은 일이다. 생각보다 쉽게 화경 한 명을 제압했으니 전력을 크게 떨어뜨린 것이나 다름이 없는 것이다.

게다가 흑수는 내공에 있어서 정말 괴물이었다. 내공에 비해 받쳐 주는 것이 부실해 보이기까지 했다. 이를 잘 활용했다면 가장 까다로울 수 있는 자가 바로 흑수였기 때문이다. 진류수도 마찬가지이지만…… 내공의 양은 흑수가 더 많을 것이다.

"그럼 음선지체는 내가 잘 받아 가마."

그 말에 흑수가 그를 올려다보았다.

"지금 뭐라고 했냐?"

"갑자기 왜 그러지?"

그가 일부러 도발하는 것이다. 마치 조금 더 놀자는 듯 보였다.

어지간해서는 도발에 안 넘어갈 흑수지만, 그가 한 도발은 참을 수 없었다.

"뭐라고 했냐고 물었다."

흑수는 이를 악물며 그를 노려본다. 그의 꺾인 마음에 다시 불을 지피자 마현이 만족스러운 듯 천진난만하게 웃었다.

"음선지체를 잘 받아 간다고 했다. 평생 귀여워해 줄 테니까 걱정하지 마라. 듣자 하니 꽤 미인이라지? 살결도 부드러울 것 같다는데 사실이냐? 그럼 밤에 즐길 맛이 나겠군."

그 말에 흑수의 입에서 피가 흘러나왔다. 입술을 깨물면서 피가 배어 나오는 것이다.

"내게 해서는 안 될 말이 딱 두 가지가 있다. 하나는 내 할아버지를 모욕하는 거다."

"들었어. 관우진 그 녀석과 싸움을 하게 된 원인 중 하나가 그거라며?"

흑수가 이를 바득 갈며 수기를 끌어 올렸다.

이번에는 공격을 하려는 목적이 아니었다. 그의 몸에 입은 상처에 다시 새살이 돋아나며 언제 다쳤냐는 듯 흉터 하나 없이 원래대로 돌아왔다. 그가 다시 일어나 흑태도를 쥐었다.

"이것 봐라? 상처가 치유가 돼?"

분명 방금 전까지만 하더라도 저 무거운 대도를 쥘 수 없을 만큼 다쳤는데 금방 치유가 되어 있다. 그것도 흉터가 없이 깔끔하게. 내공의 소비는 어마어마했다. 그러나 그의 깊은 내공은 줄어들었다고 할 수 없을 만큼 방대했다.

마현은 그가 새삼 괴물 같은 놈이라는 걸 깨달을 수 있었다.

　"부럽네. 그 정도 내공을 끌어내고도 아직도 넘쳐나다니."

　저 정도 내공이면 마음껏 활개를 쳤을 텐데, 라고 아쉬워하는 마현. 그러나 딱히 개의치 않는 듯 어깨를 으쓱였다.

　"그래서 나머지 하나는?"

　흑수의 눈이 이채가 떠오른다. 그가 자세를 잡았다.

　"내 여자를 건드는 거다!!"

　그 순간, 흑수의 주변에 알 수 없는 형상이 떠오르며 우박처럼 마현에게 쏟아져 내렸다.

　　　　　*　　　*　　　*

　'방금 그건 도대체……?'

　주위가 고요하다. 방금 전 흑수가 내뿜은 기운에 광기 어린 전장이 순식간에 적막에 감싸인 것이다. 흙먼지가 장막처럼 주위를 감싸고 있었다. 그가 손을 휘젓자 바람이 불어닥치며 흙먼지가 걷혔다. 방금 전 그가 있던 자리가 움푹 파인 상태였다. 그러나 그곳에 시선을 둘 여유가 없어 보였다.

흑수의 주위로 알 수 없는 형상이 떠오르는 걸 바라보며 마현은 의문을 표했다. 물과 불, 철가루로 된 형상들이다. 그것들은 전부 공력으로 이루어진 것들이다. 처음에는 특정한 것도 아닌 형상이었는데 그것들은 곧 검의 형상을 띠기 시작했다.

"재미난 걸 하고 있네? 저건 어떻게 한 거냐?"

그의 주변에 떠도는 형상을 호기심 어린 눈으로 바라보는 마현. 그러나 흑수는 그것에 대해 대답해 주지 않았다. 정확히 말하면 대답할 수 없는 것이었다.

이렇게 여러 가지 기를 통해 형상을 만들 생각은 지금까지 하지 못했다.

'그래, 난 왜 이 생각을 못 했을까.'

단순한 우연이지만, 그는 이를 응용할 수 있을 것이라 생각했다.

'그래, 뭔가 힘을 다룰 수 있다면 이런 것도 가능하잖아. 마치 마법사처럼 말이야.'

흑수는 지금까지의 틀에서 완전히 벗어나기로 했다. 자신이 생각할 수 있는 형태로 만들어 그를 몰아붙이기로 했다.

그의 눈빛이 달라졌다는 것에 마현이 피식 웃으며 다시

자세를 잡았다.

"방금 전까지 항복하겠다는 놈이 다시 기세가 등등해졌구나. 남아일언중천금 몰라?"

"태도는 상황에 따라 바뀔 수도 있는 거지."

흑수는 이번에 제대로 해 보기로 생각했다. 그래, 어차피 이기지 못할 거라면 자신의 모든 힘을 쏟아부어서라도 발악해 보기로 했다.

마현은 잘됐다는 듯 씩 웃었다. 안 그래도 너무 쉽게 항복해서 찝찝하던 찰나였다. 이번에는 제대로 즐길 수 있을 것 같았다.

"그래, 힘을 숨기지 말고 진즉에 그렇게 나오라고. 이번에는 좀 즐길 수 있게 해 줘."

"싸움에 미친놈. 전투광이 따로 없어."

"맞는 말이니까 부정하지는 않으마."

마현은 스스로 전투광이라고 인정하고는 자세를 고쳐 잡으려고 한다. 그러나 흑수가 그 틈을 주지 않았다.

그의 주위에 떠돌던 검 하나가 마현에게 날아온 까닭이다. 화염으로 이루어진 검이었다. 마현은 검을 쥐고 검강으로 그의 검을 베어 냈다. 하지만 그것은 그의 최대의 실수였다.

펑!

검이 작은 폭발을 내며 그에게 영향을 끼친 까닭이다. 마현은 인상을 찌푸리며 자신의 옷을 그을리게 만든 그를 노려보았다.

"아무래도 봐주면서 싸우면 안 될 것 같군."

스륵—

그의 손을 떠난 검이 허공을 유영한다. 흑수는 또다시 화기를 끌어 올려 방금 전과 같은 검의 형태로 만들었다. 마현이 바닥에 떨어져 있던 검을 주워 들며 그에게 달려들었다.

흑수는 자신에게 날아오는 마현의 검을 올려 쳐 냈다. 금속성과 함께 마현의 검이 허공으로 튕겨져 올라간다. 그 틈에 마현이 찔러 들어온다. 위로 크게 올려친 덕분에 틈이 만들어진 것이다. 그러나 흑수는 그가 이리 들어올 것이라 예상한 상황이었다.

'너도 이럴 줄 알았다.'

지금까지 싸우면서 알아챈 것인데, 대도가 워낙 크고 무겁다 보니 위로 올려치면 다들 그 틈을 파고들었다. 마현도 마찬가지였다. 그러나 흑수는 이것을 잘 이용했다. 그의 근육이 부풀어 올랐다. 흑수는 위로 향하던 흑태도의 방향을 순식간에 바꿔 내려친다. 이에 마현이 화들짝 놀라 급히 뒤로 발을 내뺐다. 그의 판단이 빠른 덕분에 흑태도가 녀석의 옷을 살짝 스쳤다.

흑수는 아쉬움에 입맛을 다시며 화검(火劍)과 수검(水劍), 금검(金劍)을 날렸다. 마현은 허공에 있는 자신의 검으로 화검과 수검을 막아 냈다. 공중에서 작은 폭발이 일어났다. 수검도 폭발해 물방울이 비산, 주위에 피해를 끼쳤다. 마현은 쥐고 있던 검으로 금검을 쳐 냈다. 다행히 금검은 화검처럼 폭발하거나 하지 않고, 부딪치는 즉시 힘없이 파괴되어 버렸다.

흑수는 이대로 끝내지 않았다. 마현의 품으로 파고들어 일도를 날렸다. 마현은 인상을 찌푸린 채 그의 일도를 맞받아쳤다.

"무식하게 센 녀석⋯⋯!"

흑태도의 경로가 갑자기 바뀐 것을 순식간에 목격한 마현은 그가 내공은커녕 아무런 술수도 부리지 않았다는 걸 알았다. 오직 자신의 힘으로 이를 해낸 것이다. 마현은 그것이 기가 막혔다.

"부정은 안 하마!"

흑수가 다시 힘을 주어 검을 쳐 낸다. 마현이 들고 있던 검이 순식간에 반 토막이 나 버렸다. 바닥에 떨어진 검을 주울 시간도 주지 않은 채, 흑수가 다시 파고든다.

'이길 수 있어!'

그렇게 수세에 몰렸던 자신이 마현을 몰아붙이자 흑수는 자신감이 생겼다. 마현은 지금 크게 당황하고 있었다. 생전 한 번도 겪어 보지 못한 괴기한 기술로 인해 어떻게 해야 할지 까다로워하는 것이다.

며칠 전까지만 하더라도 몰아붙이기는커녕 도망치는 것이 전부였던 흑수다. 그때와 비교하면 사뭇 다른 광경이다.

"그래, 그렇게 나와야지. 실력을 너무 숨겼잖아!"

마현은 오히려 더 웃었다. 흑수가 만들어 낸 것은 지금까지 그가 보지 못한 것으로 굉장히 위력적이었다. 저것에 닿으면 자신도 무사하지 못한다는 걸 알 수 있을 만큼 강대한 힘이 느껴졌다.

고작 검 하나를 허공에 띄워 다룰 수 있는 것에 비해, 흑수는 세 개나 다룰 수 있다. 이제 막 써 보는 것이기에 능숙하다고 할 정도는 아니지만, 양으로 밀어붙이고 있는 느낌이 강했다. 게다가 녀석이 날리는 화검은 위력적이다. 자칫 폭발에 휘말릴 수도 있었다. 살상력까지는 없다고 해도 충분히 다치게 할 수 있기 때문이다. 마현은 자신이 점점 밀린다는 것을 알 수 있었다.

'생각보다 어려운데?'

마현의 생각이라도 읽기라도 한 듯, 흑수가 물었다.

"이제 네가 수세에 몰리니 어때?"

마현은 그 말에 이마에 핏대가 세워졌다. 자신이 남을 아래로 보는 것은 좋아해도, 남이 자신을 아래로 보는 것만큼은 싫어했다.

"까불지 마!"

마현의 검이 흑수에게로 날아온다. 흑수가 이를 쳐 냈다. 마현은 방금 전보다 더 빨리 흑수에게 접근한 상태였다. 흑태도의 궤도를 바꿀 틈조차 주지 않겠다는 듯 보였다.

그가 손바닥을 펼치며 그에게 뻗었다. 내상을 입히려는 의도였다. 그러나 흑수는 당황하지 않았다. 휘두르고 있던 흑태도에서 미련 없이 손을 놓았다. 흑태도는 그로 인해 옆으로 날아갔다. 그 근방에 있던 마교도의 목을 베어 버리고 벽에 박힌 흑태도. 그가 미련 없이 대도를 버린 것에 황당함을 느끼면서도 마현은 손을 멈추지 않았다. 이대로 그에게 심각한 내상을 입혀 이번에야말로 정식으로 항복을 받아 낼 생각이었다.

휘리릭!

흑수는 자신의 반동을 살려 한 바퀴 돌면서 몸을 낮게 숙였다. 그의 장법이 아슬아슬하게 머리를 스쳐 지나갔다. 흑수는 다리에 힘을 주어 빠르게 일어난다. 그 과정에서 그의 손은 일절 움직이지 않았다.

퍽!

그의 머리가 마현의 턱을 때렸다. 마현이 자신의 턱을 만지며 몇 걸음 뒤로 물러난다.

"큭……!"

그가 해괴한 무술을 쓰는 것은 이미 알고 있었다. 그러나 설마 박치기를 해 올 것이라고는 상상도 못 했다. 그의 주위로 떠돌던 검이 다시 흑수에게 날아든다.

흑수는 그에게 도약하며 기를 끌어 올렸다. 화검, 수검, 금검을 다시 띄워 마현의 검을 견제했다. 그리고 곧 마현과 근거리에서 서로 격투가 일어났다. 서로의 권법과 장법을 막고, 흘려보내며 쉬지 않고 휘둘렀다. 그리고 그들 위에서는 여전히 서로의 검이 부딪치며 치열하게 싸우고 있었다.

"꽤 하는구나, 반푼이! 진즉에 그렇게 나왔어야지!"

훅!

깊게 파고들어 왔던 흑수의 주먹에 마현이 자신의 얼굴을 방어하며 몸을 뒤로 내뺀다. 아슬아슬하게 피했지만, 곧이어 그의 팔에 뒤늦게 충격이 닿았다.

움직임은 마현이 약간 더 빠르고 공격도 매서우나, 흑수의 권풍(拳風)이 이를 상쇄하고 있었다. 게다가 장신인 흑수가 거리 싸움에서 유리한 것이 사실이었다. 흑수에게 부족한 점은 여러 가지 기술로 보완되고 있어 호각(互角)으로 싸울 수 있는 것이다.

눈으로 좇기 힘들 만큼 빠르게 움직이는 그들. 그들은 서로에게 집중한 채 상대의 움직임을 좇고 있었다.

'이 녀석의 공격은 빠르고 매서워. 그러나 거리를 유지하면 맞을 일은 절대 없다. 시간이 지체되면 녀석이 크게 들어올 거야. 그때를 노려야 해.'

'반푼이에게 거리를 벌려서는 안 된다. 더 파고들어 기회를 봐야 해. 하지만 녀석도 이를 알고 있을 거야. 무리하게 들어가서는 안 된다. 움직임은 가벼워 보이지만, 최소한으로 움직여서 체력적으로 그에게 유리하다.'

서로 몸을 움직이면서 역량을 파악한 그들. 이제는 서로 눈치와 두뇌 싸움으로 변해 가고 있었다. 서로 방심을 유도하면서 일부러 틈을 만들어 유인하기도 했다. 그러나 서로 생각이 비슷하기에 넘어가는 일은 절대 없었다.

'이대로 가다가는 승부가 안 나겠어.'

흑수와 마현은 동시에 그리 생각했다. 서로 호각이다. 서로의 장점이 승부를 알 수 없게 만들어 낸 것이다. 이대로 계속 진행되면 서로 지치기만 할 뿐, 승부가 안 날 수 있었다.

마현은 물론이고, 흑수의 이마에도 땀방울이 흐르기 시작했다. 서로 눈치만 보는 가운데, 흑수가 먼저 결정을 내렸다.

'그렇다면 내가 먼저 달려든다.'

흑수는 자신의 신체의 우위를 이용하기로 했다. 거리싸움에서는 자신이 유리하니 거리를 유지한 채 달려들기로 했다.

휘릭!

흑수의 움직임이 달라졌다. 지금까지 방어적이었던 그의 자세부터 바뀌었다. 턱을 방어하고 있던 오른손이 가슴으로 내려온 것이다. 그가 다른 자세로 주먹을 휘둘러 온다. 방금 전까지와 다른 권법이었다.

훙!

마현은 그 공격을 피했다. 그의 얼굴에 씩 미소가 피어올랐다. 승부를 먼저 보기 위해 도박을 한 흑수다. 눈치와 인내심 싸움에서 자신이 승리했다.

'멍청하기는!'

까다로워지기 전에 한두 곳을 부러뜨리기로 했다. 그리고 이번에는 비굴하게 항복을 하게 될 것이다. 마현은 그 생각에 희열을 느꼈고, 자신의 승리를 예상했다.

퍽!

순식간에 일어난 일이었다. 마현의 복부에 큰 충격이 닿았다. 그의 발차기는 상당히 위력적이다. 또한 그가 도를 휘두를 때마다 일으켰던 것과 유사한 바람이 불어닥치며 추가적인 충격이 닿았다.

"쿨럭!"

마현이 각혈했다. 그가 입에서 흐르는 피를 닦아 낼 틈도 없었다. 흑수가 이번에는 발차기 위주의 무술로 그에게 다가오기 시작한 까닭이다. 동작이 크지만 위력적인 힘이다. 쉽게 다가가기 힘들었다.

멈칫! 후웅!

게다가 불규칙적인 발차기는 그를 더욱 혼란스럽게 만들었다. 공격을 하다 말고 도중에 멈춰 서 다시 공격한다. 난생처음 보는 광경에 마현은 어찌 대처해야 될지 몰랐다. 거리 싸움으로는 불리했다. 또한 발차기 위주의 무공은 지금까지 본 적이 없었다.

"적당히 해, 반푼이!"

공력이 담긴 기가 그를 향해 날아왔다. 흑수는 다급히 주먹을 앞으로 내뻗었다.

쩌엉!

바람에 담긴 공력이 그가 날린 기를 맞받아치며 허공에서 폭발한다. 주위로 바람이 휘몰아치며 또다시 흙먼지가 일어난다.

흙먼지가 주위를 장막처럼 가리고 시야를 차단한다. 마현은 그 틈을 파고들었다. 시야가 차단된 틈에 검을 다시 회수한 마현은 그의 품으로 파고들었다. 잠시 움직임이 멈춘 지금이 절호의 기회다. 결과적으로 자신이 승리한다.

"애썼다, 반푼이!"

단기간에 이렇게 몰아친 것에 속으로 칭찬하면서 일검을 날린다.

캉!

"……?!"

순간 마현의 동공이 커졌다. 지금 무슨 일이 벌어진 것인지 모르겠다는 듯 그의 눈에는 의아함이 번져 흘렀다.

"그, 금강불괴?!"

그의 몸에 칼침이 들어가지 않자 마현이 경악했다. 흑수는 다행이라고 생각했다. 그의 비장의 한 수였다. 만약 그가 검강을 씌운 채 베어 냈다면 흑수는 어쩔 수 없는 치명상을 입게 되었을 것이다. 그러나 그냥 검만 휘두른다면 자신에게 어떤 피해도 줄 수 없었다.

"걸려들었어!"

흑수가 마현의 팔목을 붙잡았다. 그의 눈빛이 더욱 빛을 발했다. 그가 일보 앞으로 내디디며 마현의 가슴을 향해 일권을 날렸다.

마현이 서둘러 몸을 뒤틀었다. 억지로 무리하게 비틀자, 그의 몸이 먼저 반응했다. 허나 그 덕분에 일권을 피할 수 있었지만 붙잡힌 팔은 무사치 못했다.

우득!

왼팔이 부러졌다. 마현은 이를 악물고 부러진 팔의 고통을 견뎌내며 검강을 휘둘렀다. 흑수가 재빨리 붙잡았던 팔을 놓고 빠르게 뒤로 물러난다. 그 둘은 거친 숨을 내쉬며 서로를 노려보았다.

"소교주님을 지켜라!"

"명장님을 지켜라!"

한 마교도의 외침에 마교도들이 일제히 그의 주위로 몰려오며 몸으로 마현을 가렸다. 무림맹의 무인들도 그들처럼 흑수의 주위로 몰려와 그를 지켰다. 흑수가 혀를 찼다. 마현과 흑수의 싸움에 다들 일시적으로 전투가 멈춘 상황이었다. 다들 믿기지 않는 이 전투를 지켜보던 참이었다. 그들의 전투는 치열하게 싸우고 있던 마교도와 무인들의 싸움을 멈추게 할 정도로 압도적인 것이었다.

"이거 놔!"

마현이 마교도들을 뿌리치고, 앞으로 나섰다. 그는 으득 이를 갈면서 흑수를 노려보고 있었다.

"저 녀석은 내가 쓰러뜨린다."

"소교주님. 위험합니다."

"내가 쓰러뜨린다고 했다."

마현이 갑자기 손으로 자신의 참모의 입을 틀어막았다. 그의 참모의 눈이 커지기 시작했다.

'저건……'

흑수는 곧 녀석이 뭘 하려는 것인지 깨닫고 경악했다. 마현은 참모의 내공을 흡수하고 있는 것이다.

'흡정인가!'

관우진이 보였던 그것과 유사한 기술. 그러나 뭔가 다르다. 그는 정기뿐만 아니라 내공과 생명력 자체를 빨아들이는 기분이었다. 참모의 몸이 순식간에 삐쩍 마르며 생기가 사라졌다.

우득! 우드득!

마현의 부러진 왼팔이 다시 맞춰지고, 그의 근골이 바뀐다. 그 모습을 보고 다들 경악하고 있었다.

"후우!"

마현은 다시 여유로운 미소를 되찾았다. 지금까지 소비한 내공이 다시 채워지고, 자신의 힘을 최대한 펼칠 수 있게 바뀌었다. 그의 눈이 번들 빛나기 시작했다. 자랑하기라도 하듯 그가 잠시 힘을 개방했다. 그의 강인한 기운에 모든 이들이 얼어붙었다.

"재밌었다, 반푼이. 아니, 이제 반푼이는 아니지. 날 이렇게까지 몰아세운 건 손에 꼽았다."

마현이 다시 검을 든다.

흑수가 무인들 사이로 나오려고 하자 누군가가 그의 어깨를 붙잡았다.

"무리하지 말게. 저자는 내가 상대할 터이니."

진류수였다. 진류수는 자신과 싸우던 마교도와 혈전을 벌이고 승리했지만, 깊은 상처를 입었다. 절대 지금 상태로 진류수는 마현을 이기지 못한다. 흑수는 고개를 저었다. 지금 그의 상태로 마현을 이길 수 있을 리 없었다.

그때였다. 진류수의 뒤로 중소 문파의 무인 한 명이 헐레벌떡 다가왔다.

"문주님! 양옆에서 마교도들이 절벽을 타고 올라왔습니다!"

"뭣?"

"뒤를 잡히기 전에 얼른 이곳에서 피하셔야 합니다!"

진류수가 침음했다. 그들이 노리는 것이 바로 이것이었다. 절벽을 뚫는다면 못 뚫는 것도 아니었다. 숫자를 감당하기 힘들어 절벽 위에 배치한 인원은 줄어들었다. 돌파당할 가능성 중 하나가 바로 이 점이었다. 깎아 내리는 듯한 절벽이라고 해도 무공을 배운 이들이 못 올라갈 곳은 아니었다. 아마 강을 도하할 때 그중 일부를 선발해 절벽으로 보낸 것 같았다. 마현이 사이하게 웃었다.

"흐흐! 내가 아무런 생각도 없이 무작정 정면 돌파만 하리라 생각했나? 단흑수. 너는 물론이고 나머지도 절대로 그냥 보내 주지는 않을 것이다."

그 말과 함께 무인들은 엄청난 공포에 사로잡혔다. 범 앞에 놓인 토끼처럼 벌벌 떠는 이들도 있었다. 흑수도 바늘로 찌르듯 피부가 따끔하다고 생각했다. 그러나 이곳에서 벗어나지 않으면 전멸을 면치 못한다.

마현은 그만큼 쓰러뜨리기 힘든 상대였다. 게다가 그는 자신의 부하의 정기를 모두 흡수하여 다시 힘을 회복한 채였다. 그에 비해 흑수는 이미 상당히 지친 상황이었다. 상대가 될 리 없었다. 그러나 여기서 시간을 벌 수 있는 사람은 흑수 말고 없었다. 몸이 성한 사람은 이곳에서 아무도 없었다. 있다고 하더라도 마현을 상대로 시간을 벌 수 있는 사람은 흑수와 진류수가 전부이다. 그런데 진류수는 부상이 심각하다. 아마 자신이 상대하던 마교도들 말고 다수와도 싸웠을 것이다. 그가 시간을 벌기는커녕 도중에 도주하는 것도 불가능해 보였다.

흑수는 진류수의 손을 뿌리치며 앞으로 나아갔다.

"어째서?"

진류수는 굳이 그가 나서는 이유를 알지 못했다. 정보에 의하면 그는 남의 일에 잘 참견하지 않는다고 알고 있었기 때문이다.

"저밖에 할 수 없으니까요. 게다가 여기서 패하면 나중에 제 사람들까지 위험하게 되잖아요."

흑수가 생각하는 바는 그것이었다. 일단 마현이 가장 우선순위로 노리고 있는 것은 백화령이다. 지금 당장은 교주가 공격하지 말라 해서 괜찮을지 몰라도, 나중에 어떻게 될지 모르는 것이다. 전선을 유지하기 위해서는 병력을 최대한 보존해야 할 필요가 있었다.

딱히 영웅 심리는 아니었다. 그는 자신의 목숨이 소중한지 잘 안다. 그러나 여기서 더 피해를 입으면 마교도를 상대할 때 더 까다로워질 수 있었다. 미래를 생각하면 차라리 자신이 나서는 게 좋다고 판단한 것이다. 흑수는 도중에 도주할 자신이 있었다. 지도는 물론이고, 오면서 지리를 외웠기에 충분히 그들에게서 도망칠 수 있을 것이다.

"자네……."

"나중에 봐요. 딱히 협객이 되려는 것도 아니니 좋게 생각하지는 마시고요. 정 안 된다 싶으면 도주할 거니까요."

"합류 지점은 기억하고 있나?"

마교도들에게 패배하여 뿔뿔이 흩어지게 되면 합류할 장소를 정해 놓았다. 흑수는 그곳이 어딘지 기억하고 있었다.

"예, 그곳으로 가면 되는 거죠?"

"그래. 기다리고 있겠네."

진류수가 그에게 포권을 취했다. 그리고 곧장 무인들에게 퇴각 명령을 내렸다.

"도망치게 놔둘 줄 알고?"

마현이 손을 휘저었다. 대기하고 있던 마교도들이 그들을 추격하기 위해 몸을 날리려는 그 순간이었다. 그들의 앞에 물방울이 빠르게 떨어지며 땅이 움푹 파였다. 그 선에서 조금이라도 벗어나는 자들은 가만두지 않겠다는 듯 보였다.

"한 발자국이라도 움직이면 재미없을 줄 알아."

흑수의 위협이 통한 듯, 마교도들이 움찔거렸다. 흑수는 그들을 주시한 채, 벽에 박혀 있던 흑태도를 뽑았다.

"기가 막히는군. 나 하나 상대하기 버거울 텐데 이 인원을 전부 상대하려고?"

마현은 가소롭다는 듯 웃으면서 그의 호기에 놀랄 따름이다. 무슨 심경의 변화가 있었는지 모르지만 그는 정말 무모한 전투를 벌이려고 하고 있었다.

"나도 지금 상황이 나답지 않다고 생각하던 참이야. 할 아버지 말이 맞았네. 강호 일에 엮여서 좋을 것 없었어. 한 번 엮이니 끝도 없이 엮이다 이 지경까지 오고 말이야."

흑수는 한숨을 내쉬었다.

"그래?"

마현은 재미있겠다는 듯 천진난만하게 웃었다.

"그럼 얼마나 막을 수 있는지 보자고."

그 말이 끝나기 무섭게 마교도들이 흑수에게 파도처럼 몰려오기 시작했다. 자신에게 밀물처럼 검은 파도가 몰아 치기 시작했다. 그는 이를 악물며 흑태도를 꽉 쥐었다. 살 면서 가장 힘든 전투가 시작됐다.

*   *   *

"헉! 헉!"

흑수가 숨을 거칠게 내쉬며 숲을 가로지른다. 수많은 마 교도들이 그의 뒤를 바짝 쫓으며 맹추격을 벌였다.

쉐에엑—!

자신을 향해 날아오는 소리가 들린다. 흑수는 뒤도 돌 아보지 않고 그 소리를 찾아내어 흑태도를 휘둘렀다. 흑태 도와 맞닿으며 금속성이 연이어 울려 퍼졌다. 급소를 피한

암기들이었다.

띠리링—!

이번에는 비파를 뜯는 소리가 들린다. 사방에서 들려오는 공력이 담긴 소리에 흑수가 화들짝 놀라며 재빨리 땅에 바짝 엎드렸다. 그의 주위에 있던 나무의 파편이 튀어 오른다. 흑수는 다시 일어났다. 도망치기 위해서다. 그러나 이번에는 뭔가가 또 그에게 날아온다. 종이에 둥글게 말린 무언가.

'화약!'

심지가 타들어 가고 있는 화약들. 흑수가 수기를 끌어올려 심지를 물로 적셨다. 그러나 전부 적시기에는 역부족이었다.

콰콰쾅!

주위에서 폭발이 일어났다. 화끈한 열기와 함께 흑수가 인상을 찡그렸다. 죽일 생각으로 던진 게 아니라 움직이지 말라고 경고하는 의미가 더 강해 보였다.

"이제 숨바꼭질은 끝이다."

마현의 목소리가 그의 귀에 스며들어왔다. 흑수는 주위에서 그림자와 함께 나타나는 마교도들을 확인했다. 그는 이미 포위된 상태였다. 마교도들 다수가 진을 짠 채 흑수를 맞이한 것이다.

'내가 도주하는 경로를 예상하고 우회해서 먼저 도착한 건가?'

흑수는 혀를 찼다. 이미 자신의 손으로 쓰러뜨린 마교도의 수는 백 명이 훨씬 넘었다. 피해가 누적되자 마현도 전투에 합세했다. 그때부터 흑수는 뒷생각도 안 하고 도주를 택했다.

도주할 수 있을 것이라 생각했지만, 그들도 퇴로를 미리 생각했던 것 같았다. 흑수가 한숨을 크게 내쉬었다. 가장 약한 쪽을 뚫고 갈까 하는 생각도 해 보았지만, 다수의 인원이 짠 진열은 쉽게 뚫기 어려워 보였다. 아니, 뚫을 수는 있다. 다만 한 가지 문제가 있었다. 마현이었다.

진열을 무너뜨리고 포위망을 뚫어 도주할 동안 마현이 가만히 있지 않을 것이다. 결국 궁지에 몰린 것이나 다름이 없었다. 마교도들은 흑수가 어디로 달려들지 예의 주시하면서 잔뜩 긴장하고 있었다.

눈앞에서 수많은 교도들이 그의 손에 죽은 것에 두려워하고 있는 것이다. 그러나 다들 이 자리를 벗어나지 않았다.

"순순히 투항할 생각은?"

마현이 흑수에게 그리 물었다. 흑수는 물방울을 날렸다. 마현은 검으로 그가 날린 물방울을 튕겨 내 버렸다. 물방울은 궤도가 어긋나며 그의 뒤에 있던 마교도가 대신 맞았다.

"이 이상 피해를 보기는 싫은데. 나야 상관없지만 교도들의 피해가 너무 많단 말이지."

"그런 녀석이 날 상대해 보라며 피해를 또 누적시켰나?"

"나도 후회하고 있는 참이야."

어떤 식으로 나올 건지 궁금해 교도들을 우선적으로 보냈는데, 백 명 이상이 순식간에 당했다. 마현이 파악하기로 흑수는 일대일에서 강하기보다 다수와 싸울 때 큰 힘을 발휘했다. 그의 특기라고 할 수 있는 진기를 끌어모아 범위적으로 공격하니 속수무책으로 당할 수밖에 없는 것이다.

특히 눈으로 좇기 힘든 수기는 더욱 위력적이었다. 눈 깜짝할 새에 온몸에 구멍이 뚫려 죽으니 더 무섭다고 할 수 있었다. 그만큼 내력의 소모가 어마어마했다. 지금까지 버틴 것도 대단한 것이다. 다른 이들이었으면 한참 전에 지쳐서 쓰러졌을 테니까.

"서로 힘들이지 말고 순순히 투항하는 게 어때? 내가 이렇게까지 권유하는 건 정말 드문데. 그만한 대우도 해 주도록 하지."

"내게 왜 그렇게 집착하는 거지?"

흑수는 그것이 이해가 되지 않았다. 굳이 포로로 잡으려는 마현이 이해가 되지 않는 것이다. 그는 포로로 잡아 굴욕을 주려는 것보다 뭔가에 활용하려는 의미가 더 강했다.

"단순한 호기심도 있지만, 네가 우릴 크게 도울 거라 믿기 때문이지."

"그럼 거절이다."

"그래? 그럼 거친 방법으로 가야겠군."

'이건 뭐야!'

세포 하나하나 바늘로 찌르고 있는 것이 아닐까 하는 생각이 들 정도로 날카로운 기운이었다. 범 앞에 선 것처럼 무섭다고 느끼고 있는 찰나, 흑수는 마교도들의 표정을 볼 수 있었다.

"오오오!"

흑수와 달리 교도들은 그 기운에 황홀해하고 있었다. 이무슨 어이없는 광경이라는 말인가. 두려워해야 할 기운을 오히려 황홀해하다니.

"내가 남에게 천마공(天魔功)을 보이는 건 네가 유일하다. 교도들도 좀처럼 보기 어려운 마공이지. 넌 본 교의 근간이 된 마공을 직접 보는 것이다."

그가 팔을 양쪽으로 거만하게 벌렸다. 마치 남이 떠받쳐 주는 것을 즐기는 것 같아 보였다. 흑수는 침을 꼴깍 삼키며 목 뒤로 넘겼다. 마현이 빠르게 움직이며 그에게 검격을 날린다.

"젠장!"

흑수가 이를 아득 물었다. 그리고 죽을힘을 다하여 흑태도를 휘둘러 맞서기 시작했다.

*   *   *

합류 지점에 도착한 진류수와 무인들. 진류수는 살아남은 인원들을 파악하면서 한숨을 내쉬었다. 천오백여 명에서 오백 명 남짓만 살아남은 것이다. 천 명에 가까운 인원은 석천에서 벌어진 마교도들과의 혈전에서 살아남지 못했다.

그러나 그에게는 한 가지 문제가 남아 있었다. 바로 흑수였다. 하룻밤이 지났는데, 흑수가 돌아오지 않았다. 사람을 보내 마교도들의 동태를 살펴보았지만, 재정비를 갖추기로 한 듯 움직임이 없다는 소식만 들려왔다.

흑수에 대한 것은 알아낼 수 없었다. 도주를 한 것인지, 아니면 결국 마교도의 칼에 죽은 것인지…… 어떻게든 알아오라고 하기는 했으나 언제쯤 알 수 있을지 몰랐다. 갑갑한 마음에 그가 곰방대를 입에 물었다. 짙은 연기가 대기 중에 뿌려진다.

"답답하십니까?"

"……이 장로."

이체제가 팔에 붕대를 감은 채 돌아왔다. 그의 옆에는 구종천과 채소영이 그를 부축한 채 따라왔다. 이체제의 왼쪽 소매는 상당히 허전했다. 바람에 나풀나풀 흔들리고 있었다. 마교도을 막으면서 팔 하나를 잃은 것이다.

"안정을 취하여야 할 사람이 그렇게 돌아다니면 안 되네."

이체제는 주위를 둘러보았다. 드넓은 초야가 그들을 반기고 있었다.

"안정을 취할 곳이 어디 있다는 말닙니까. 이곳에서 마을까지 이틀은 가야 하지 않습니까."

그의 말도 사실이다. 주위에는 아무것도 없다. 이곳에서 마을까지 가려면 이틀은 걸어야 한다. 이체제 말고도 부상자는 많았다. 그들을 다 데리고 가려면 이틀은 더 걸릴 것이다.

"걱정하지 마십시오. 이 정도는 끄떡없습니다."

말은 그렇게 했지만 작은 움직임조차 고통에 겨워 보였다. 그는 인근에 앉으며 구종천에게 말했다.

"종천아."

"예, 장로님."

"곰방대 좀 꺼내 주거라. 하필이면 오른쪽 소매 안에 있어서 말이지. 꺼내기가 힘들구나."

"연초는 더 이상 안 하시겠다 하지 않으셨습니까?"

"가끔 생각날 때는 한다."

"잠시 실례하겠습니다."

구종천은 그의 소매에서 곰방대를 꺼내 입에 물려 주었다. 연초를 불에 붙여 주기까지 했다. 평소대로라면 이체제 혼자서 쉽게 할 수 있을 테지만, 지금의 그는 혼자서 하지 못하는 것도 있었다.

구종천은 이를 보며 가슴이 아팠다. 그러나 겉으로는 티를 내지 않았다. 그것은 채소영도 마찬가지였다. 구종천도 최대한 티를 내지 않고 있는데, 자신이 티를 내면 그가 뭐가 되겠는가. 채소영도 입술을 깨문 채 쏟아져 나오려는 눈물을 참았다.

이체제는 하얀 연기를 내뿜으며 진류수에게 물었다.

"언제까지 이곳에 있을 겁니까?"

"오늘은 이곳에서 보내고 내일 다시 이동할 생각이네. 합류하는 지점은 이곳만이 아니니까. 게다가 소림사도 이곳에서 그리 멀지 않은 곳에 있으니 가는 길에 만날 수 있을 게야."

문제는 마교 쪽에서도 거의 같은 거리에 원군이 오고 있다는 것이다. 그래도 당분간 그들은 진격을 하지 못할 것이다. 후에 보고된 바에 따르면 마교 쪽에서도 꽤 많은 피해가 발생해 추격하지 않을 모양이었다. 원군이 오고, 병력을 추스를 때까지 시간이 많이 소비되기에 당분간 안심해도 된다는 뜻이었다.

"계획은 있으십니까?"

이만한 무인들로는 그들을 감당하기 힘들다. 소림사가 이끌고 오는 원군은 이천 명 가까이 된다고 하지만, 그들의 힘으로 보건대 소림사가 오더라도 막아 내기는 힘들 것이다.

"소림사와 합류하면 섬서성 밖으로 후퇴할 생각이네. 마교의 원군이 오면 섬서성을 방어하기보다 호북성이나 하남성에서 막는 게 효율적이겠지. 하남성으로 가는 게 가장 이상적이기도 하네."

하남성에 가면 호북성에 있는 무당파와 제갈세가가 소림사로 지원을 빨리 와 줄 수도 있었다. 혹은 소림사에서 호북성으로 갈 수도 있다. 게다가 지금 대부분의 문파들은 속속들이 호북성과 하남성에 도착했다. 원래는 화산파에 모여 섬서성에서 마교의 진격을 막기로 했지만, 지금은 불가능에 가까웠다. 차라리 뒤로 후퇴해 집결 지점을 새로 정해 한 번에 모이는 게 좋을 듯싶었다.

"화산파에도 이 사실을 알리려 사람을 보냈네. 내키지 않겠지만 화산파 장문인도 내 의견에 따라 줄 것이야."

자신의 본산을 버리고 뒤로 후퇴해야 하는 상황이니 당연히 속이 쓰릴 것이다. 하지만 화산파 장문인도 진류수의 의견을 따를 수밖에 없을 것이다. 고집을 부려서 남아 있는 것보다 원군과 함께 치는 게 가장 현실적일 테니까.

진류수도 어쩔 수 없이 내린 결정이기도 했다. 이미 종남파에도 사람을 보내 마교도들에게 도움을 줄 만한 것들은 모두 불태우고, 서고에 있는 비급은 꽁꽁 숨기라고 지시한 상황이었다. 마교도들이 도착하면 전각만 남은 채 그들이 원하는 비급은 찾아볼 수 없을 것이다.

"후우, 제발 무사히 돌아왔으면 좋겠는데."

진류수가 곰방대를 다시 입에 물며 하얀 연기를 내뿜었다.

현재 진류수에게 중요한 것은 흑수의 행방이었다. 그가 살아 있으면 반드시 합류할 것이라 믿는 진류수. 지금은 추격을 받고 있어서 오지 못하는 것이라 믿고 기다렸다.

그러나 흑수는 그 이튿날은 물론, 그 후로도 감감무소식인 채 합류하지 못했다.

흑수에 관한 소식이 알려진 것은 그로부터 상당한 시일이 지난 뒤, 마현이 마차에 타면서 흑수로 추정되는 이를 태워 어디론가 이동하는 것 같다는 것이 전부였다.

제4장
벽향천지(壁向天至)

　주위가 흔들거리고, 시끄럽다. 잠에서 덜 깬 것처럼 좀 멍한 기분이 들었다.

　덜컹!

　흑수는 마차가 크게 요동치자, 머리를 부딪쳤다. 흑수는 그제야 정신을 차릴 수 있었다. 그리고 곧 자신이 마차에 타고 있다는 것을 어렴풋이 알 수 있었다.

　"여긴……?"

　"드디어 일어났나?"

　익숙한 목소리. 마현이었다. 흑수가 화들짝 놀라 몸을 일으키려고 했으나, 몸이 움직여지지 않았다. 아무래도 점혈을 당한 것 같았다. 게다가 몸이 포박되어 있었다. 혹시 점혈이 풀어질까 봐 대비책을 세운 것 같았다. 그래 봤자 힘으로 끊을 수 있지만 말이다. 그는 곧 자신이 어떤 상황에 처해 있는지 판단하고 한숨을 푹 내쉬었다.

"결국 이렇게 됐네. 죽이지 않은 건 의외지만. 헌데……날 왜 살려 둔 거지?"

흑수는 무모했던 자신의 행동에 뒤늦게 후회하면서 한숨을 내쉬었다. 그래도 목숨을 건졌으니 다행이라고 여겼다. 그러나 그는 내심 의문이 들었다. 그가 기억하기로는 자신의 손에 죽은 마교도는 백 명이 넘었다. 그런데 마현이 자신을 살려 두는 의중이 궁금했다. 게다가 위협이 될 수 있는 단전조차 허물지 않았다.

"별 이유는 없다. 전에도 말했다시피 네놈의 재능을 좀 쓰려는 거지. 너 같은 인재는 중요하거든."

"마교의 편은 안 들 거야. 혹여나 내 내공을 흡수하려는 속셈이거나, 신녀문에 데려가 협박할 생각이거든 포기해라. 그러기 전에 자결해 버릴 테니까."

몸은 움직이지 못한다고 해도 혀를 깨물 수는 있다. 그가 다시 점혈을 하기 전에 혀를 깨무는 것이 가능했다. 그러나 마현은 그의 말에 피식 웃었다.

"자기 목숨 소중한지 아는 놈이 혀를 깨물어 자결할 리 없지."

"……."

그의 말에 토를 못 달았다. 그러나 정말 그래야 한다면 흑수는 할 수 있었다. 누구 좋으라고 내공을 그에게 바치겠는가. 그럴 바에야 자결을 택할 것이다.

'강시로 만드는 것도 좀 생각해 볼 만한 일이긴 하지만…….'

그래도 내공을 온전히 그에게 빼앗기는 것보다야 낫다는 생각이 들었다.

"걱정하지 마라. 네놈의 내공을 흡수할 생각은 추호도 없고, 신녀문으로 가는 것도 아니니까. 애초에 네놈의 내공이 있어야 살려서 끌고 가는 의미가 있거든."

"무기를 만들라는 소리로밖에 안 들리는군."

"맞아. 네가 만드는 무기는 하나같이 좋다며? 내가 알아낸 바로는 네가 만드는 검은 오행공이란 무공을 익히지 않는다면 못 만드는 것이라면서?"

그런 정보는 어떻게 알아낸 건지. 흑수는 신기해하면서도 고개를 저었다.

"어떻게 그런 극악의 무공을 익히면서 이런 경지에 도달한 건지…… 정말 기가 차서 말이 안 나오는 녀석이더군."

오행공까지 조사한 모양이다. 오행공을 조사하면 가장

먼저 알게 되는 것이 다른 무공보다 극악의 속도로 내공이 쌓인다는 것일 게다. 흑수도 이것 때문에 꽤 골머리를 앓았다. 지금은 남들보다 빠르게 내공을 모으고 있기에 별로 신경을 안 쓰지만 말이다.

"그래서?"

"어쨌든 남에게 쉽게 배우게 하기도 어렵고, 결국 오행공을 익힌 네가 만들어야 한다는 소리지."

"거절한다."

누구 좋으라고 그런 짓을 하겠는가. 어떤 협박을 하더라도 그들을 도울 생각은 추호도 없었다. 고문도 마찬가지다. 단전을 허물려고 한다고 해도 마찬가지다. 그는 절대 굴할 생각이 없었다.

"나중에는 네가 좋아서 하게 될 거야. 기대하라고. 나중에는 지금 네 발언을 철회하게 될 테니까."

"흥!"

죽어도 그럴 일이 없다는 듯 콧방귀를 뀌는 흑수. 세뇌를 하려고 하거나, 섭혼술을 사용하려 해도 소용없다. 자신을 조종하려고 하면 할수록 흑수는 더 반항할 자신이 있었다. 그러던 중 마차가 멈춰 서는 것이 느껴졌다. 마현은 밖을 바라보더니 환하게 웃었다.

"도착했군. 점혈을 풀어 줄 터이니 난리를 피우지 않는

게 좋을 것이다."

"점혈을 풀어 준다고?"

기습해 오면 어쩌려고 그러는 걸까. 그만큼 자신이 있다는 것일까, 아니면 그가 도주하지 않을 거라 생각한 걸까. 그가 멍청한 사람은 아니니 전자에 가깝다고 생각했다.

'죽이지는 못한다 해도 즉시 도주해 주지.'

점혈을 푸는 것과 동시에 기습한다면 마현도 꼼짝없이 당할 것이다. 흑수는 자신이 있었다. 이 거리에서 제아무리 마현이라고 하더라도 그의 공격을 피할 수는 없었다. 마현은 가소롭다는 듯 피식 웃었다.

"무슨 생각을 하는지 훤히 보이는군. 그러나 날 공격하지 않는 편이 좋을 것이다. 이곳은 섬서성이 아니니까. 내가 기껏 살려서 데리고 왔는데 난동 피우면 곤란하다."

"……뭐라고?"

섬서성이 아니라면 자신은 도대체 며칠이나 끌려다닌 것일까. 확실히 꽤 오랫동안 끌려다닌 것 같은 느낌은 있지만 정확히 얼마나 지났는지 알 방도가 없었다. 많이 끌려갔어도 감숙성 정도 되겠지 생각했지만, 그의 생각은 크게 빗나갔다. 마현은 그가 생각지도 못한 말을 내뱉었다.

"이곳은 신강(新疆)의 천산(天山). 네놈들이 우리를 지칭할 때 말하는 마교의 본산이다."

흑수의 눈이 화등잔처럼 커졌다.

*　　*　　*

흑수는 곧 마차에서 끌려 나오면서 믿을 수 없는 광경을
목격했다. 마교도의 수가 어마어마했기 때문이다. 게다가
난생처음 보는 광경에 넋을 잃고 주위를 바라보았다.

'내가 정말 몇 달 동안 아무것도 모르고 기절해 있던 거
야?'

정확히는 도중에 일어나면 곤란하니 마현이 혈을 제압해
의식을 잠시 빼앗은 것이지만, 그는 믿기지 않는 상황에
멍한 표정을 지었다.

"움직여라."

퍽!

한 마교도가 흑수의 등을 때리면서 거칠게 밀었다. 아프
지는 않지만 기분이 나빠진 흑수가 인상을 구기며 그 마교
도을 노려보았다.

"내 몸에 손대지 마라."

마음 같아서는 주먹을 날리고 싶은 흑수. 그러나 내력을
끌어 올리기가 힘들었다. 손을 묶고 있는 사슬이 이를 막
고 있다는 걸 알아챘다. 하지만 살기만큼은 내공과 상관없

이 어마어마했다. 마교도는 흠칫 놀라다가도 흑수가 내공을 끌어 올릴 수 없다는 걸 알고 피식 웃었다.

"웃기는군. 주제 파악이나 해라."

마교도는 가소롭다는 듯 그를 깔끔히 무시하며 마현을 따라 그를 끌고 간다. 흑수는 인상을 찌푸리면서도 그들을 따라갈 수밖에 없었다.

그들의 본거지까지 올라가기 위해서는 천산을 올라야 했다. 흑수는 천산을 바라보았다. 높은 봉우리가 솟아 있고, 정상 부근에는 빙하가 쌓여 있는 것이 보였다. 천산의 모든 것이 그를 압도했다.

마현이 앞장서고, 그 뒤를 따라 이동했다. 좁아지는 협곡을 지나, 차디찬 강물을 지나, 높은 산을 오르니 어느새 해가 기울어지려고 하고 있었다. 무인들도 숨이 턱까지 차오를 만큼 높다. 그렇게 얼마나 지났을까. 곧 마현이 깎아 내리는 절벽 쪽에 멈춰 섰다. 쉬고 가려는 건가 싶었지만, 아니었다. 마현이 절벽에 붙은 넝쿨을 만지더니 곧 뭔가를 들춰 냈다.

'……위장?'

풀을 엮어 자연스럽게 만들어 전혀 눈치채지 못했다. 넝쿨을 걷어 내니 작은 동굴이 그를 반겼다. 뒤에 있던 마교도가 횃불에 불을 붙였다. 마현이 하나 받아 들었다.

"들어가지."

마현이 망설임 없이 동굴 안으로 허리를 낮추고 들어간다. 마교도들도 마찬가지로 그를 따라 안으로 들어가고, 흑수도 따라갔다.

눅눅한 공기가 주위를 감싸고, 종유석이 천장에 매달린채 물방울이 바위 위로 떨어지고 있다.

'마교의 본거지를 찾지 못한 이유가 있었군.'

그가 눈을 뜬 것은 이른 아침이다. 그런데 이곳까지 오기까지 꽤 많은 시간이 걸렸다. 게다가 들어오는 입구에 위장까지 해 둬 누구라도 쉽게 알아낼 수 없을 것이다. 동굴은 입구는 작았으나 점점 갈수록 커지는 구조였다. 어느새 일곱의 남성들이 어깨동무를 하고 지나가도 문제가 없을 만큼 공간이 생겼다. 게다가 이 공간도 갈수록 점점 커지고 있었다. 그렇게 길게 이어진 통로를 지나자, 멀지 않은 곳에서 바람이 불어오고, 불빛이 보였다. 마현의 걸음이 더욱 바빠지고, 동굴 밖으로 나올 수 있었다.

"이게 도대체……."

흑수는 동굴 밖의 광경을 보고 입을 다물 줄 몰랐다. 천산만큼 압도적인 분위기의 대문이 그를 반겼다.

천마신교(天魔神敎).

그의 눈에 가장 먼저 들어온 현판에 쓰여 있는 글씨였

다. 마현은 멈추지 않고 대문 쪽으로 발걸음을 옮겼다. 문
지기들이 그를 발견하고 소리쳤다.

"소교주님을 뵈옵니다!"

"천세천세 지유본교!"

쩌렁쩌렁 동굴 가득 그들의 목소리가 울려 퍼졌다. 마현
은 가볍게 손을 들어 대신 답하고, 커다란 대문이 시끄럽
게 울어 대며 서서히 열리기 시작했다. 지금까지 정파인들
은 물론 일반인들도 몰랐을 마교의 본거지에 흑수가 처음
으로 발을 들였다.

*　　　*　　　*

"이건 도대체……."

흑수는 주위를 보고 감탄을 할 수밖에 없었다. 커다란
공간 밖으로는 높은 벽이 있었고, 하늘은 뻥 뚫려 있었다.
마치 분화구 안이나 소행성이 떨어진 자리에 도시가 만들
어진 것 같은 기분이다. 뻥 뚫린 하늘에서 별이 쏟아지고
있었다. 흑수는 이질적이지만 빼어난 광경에 넋을 잃고 하
늘을 바라보았다. 그를 다시 현실로 되돌린 것은 마현이었
다.

"이곳이 바로 본 교의 모습이다. 어때, 생각보다 나쁘지

않지?"

"절경 하나는 대단한 것 같군."

"솔직하지 못하군."

마현은 딱히 개의치 않는 듯 어깨를 으쓱이며 다시 몸을 돌리고 다시 이동한다. 흑수는 그의 뒤를 따라가며 주위를 확인했다. 그는 내심 이 광경에 놀라고 있었다. 마교도들은 산 깊숙이 숨어 지내고 있어 부락에서 살고 있지 않을까 생각했었기 때문이다. 그런데 그들은 아예 도시 하나를 만들어 지내고 있었다.

지금까지 가지고 있던 마교에 대한 편견이 싹 사라졌다. 십만의 마교도가 있는 만큼 이곳도 어느 도시 뒤지지 않는 활발함이 있었다. 시장이 있고, 여러 장신구와 포목점에서는 옷감도 팔고 있었다. 또한 멀지 않은 곳에 있는 주루와 기루에서는 사람들의 호쾌한 웃음소리가 끊이지 않았다.

겉으로 보자면 마교도들의 소굴이라는 것을 전혀 생각할 수 없을 만큼 있을 건 다 있었다. 광동성 성도에서 보던 모습과 별 차이가 없는 모습에 흑수는 의외일 수밖에 없었다.

단지 차이점이라고 한다면 이곳에 사는 사람들의 대다수가 마공을 익혔다는 것이다. 일반 포목상들에게서 언뜻 무인의 기백이 느껴진다. 남녀노소 할 것 없이 무공을 배운 흔적이 보이고 있었다.

그들은 마현이 지나가는 길목을 터 주며 머리를 조아리고 있었다. 마치 황제의 행차라도 맞이한 모습 같았다. 흑수는 이 모습이 기가 막혔다. 이 모습을 대명 제국의 황제가 알게 되면 어떻게 반응할지가 더 궁금했다.

'이 인원이 전부 쏟아져 나온다면 정말 한 치 앞도 알 수 없겠어.'

석천에서 마주했던 마교도들은 힘을 재 보는 것 같은 느낌이 강했다. 이들이 정말 밖으로 쏟아져 나온다면…… 강호는 물론 대명 제국에게도 큰 위협을 줄 것이다.

'게다가 화약까지 있으니.'

충성심이 강하고, 죽음을 두려워하지 않는 교도들이 화약 무기로 무장을 갖추고 있다면 정말 힘들어질 것이리라. 아마 그 어떤 것을 상상하든 그 이상의 사태가 초래될 것이다.

'이 사실을 알려야 해.'

하지만 무슨 수로? 이 사실을 알릴 방법은 없었다. 전서구는 당연히 없고, 서찰을 보내려고 해도, 이곳은 전부 마교도들이다. 자신의 편은 물론 조금이라도 믿고 의지할 수 있는 사람은 아무도 없는 상황이다.

그렇게 여러 생각을 하면서 마현을 따라가는데, 곧 큰

전각과 함께 대문이 눈에 들어왔다. 삼엄한 경계가 펼쳐지는 가운데, 문지기가 또다시 소리쳤다.

"천세천세 지유본교!"

"천세만세 본교천하!"

마현의 존재를 멀리서부터 알아챈 문지기들은 그리 소리치며 곧장 대문을 열었다. 마현은 발을 멈추지 않고 대문을 통과할 수 있었다.

그리고 궁궐 부럽지 않은 규모에 한 번 더 놀라고 말았다. 지금까지 여러 문파를 가 봤지만 이렇게 크고 대규모로 분포된 전각은 본 적이 없었다.

그렇게 얼마나 걸었을까. 그들은 곧 가장 큰 전각에 도착할 수 있었다.

천향각(天嚮閣)

마현은 전각 내부로 들어갔다. 그리고 곧 방이 없는 넓은 규모의 내부에 홀로 앉아 있는 이를 발견할 수 있었다.

'저자가 마천악인가?'

그 생각을 하기 무섭게 마교도들이 반응했다.

"천세만세, 지유본교, 본교천하!!"

마교도들이 그의 앞에 도착하자 우렁차게 외치며 무릎을 꿇고 머리를 조아렸다. 흑수는 그 모습을 멍하니 바라볼 뿐이다. 마천악은 흑수를 보고 인상을 찡그렸다. 그가 불편해하는 것을 안 마현이 뒤를 돌아보았다. 흑수와 눈이 마주쳤다. 그러나 마현은 흑수에게 머리를 조아리라고 말한들 듣지 않을 것을 알기에 다시 마천악에게 시선을 고정시켰다.

"다녀왔습니다, 교주님."

마천악이 불편한 감정을 숨기고 대답했다.

"그래, 너에 대한 소식은 들었다. 석천을 돌파해 점령했다고 들었다. 그 덕분에 지금 교도들이 섬서성을 점령했다는 소식은 들었느냐?"

"그렇습니다."

"꽤 고전했다고 들었다. 고생했다. 네 공이 크다."

마천악의 칭찬. 그러나 마현은 담담한 표정으로 살짝 고개를 숙일 뿐이다.

"당연한 일을 했을 뿐입니다."

마천악은 가볍게 고개를 주억이며 그의 옆에 있는 흑수에게 시선을 향하며 턱짓했다.

"그자가 광동 제일의 명장이더냐?"

"예, 그렇습니다."

"흠……."

마천악은 자리에 앉아 흑수를 위에서 아래로 대충 훑어보았다. 흑수가 기분 나쁘다는 기색을 숨기지 않고 얼굴로

표출했다. 그러나 그는 흑수가 무슨 표정을 짓든 무시하고 살펴볼 뿐이다.

"……대충 알아봤지만 알아본 것보다 무공이 뛰어난 자로군. 그런데 왜 단전을 허물지 않는 것이냐?"

마천악은 마현의 의중을 모르겠다는 듯 보였다. 그도 그럴 것이, 그가 누군가를 데리고 온 적은 단 한 번도 없기 때문이다. 포로도 마찬가지다. 그는 포로들을 능욕하거나 강시로 만들어 버리는 것을 즐겼다. 이렇게 생포해서 데리고 온 적은 살면서 단 한 번도 없었다.

그리고 한 가지 더. 도움이 된다면 그럴 수 있다고 생각하고는 있지만, 왜 단전을 허물지 않는 것인지 이해하지 못했다. 딱 봐도 곱지 않은 시선을 보내는 것을 보면 회유된 것도 아니었다. 흑수의 눈빛에서 저항감을 찾을 수 있었다. 뻔히 있게 될 위험을 남겨 둬서 좋을 게 없다는 생각이 들었다.

"본 교에 도움이 되리라 생각해 데리고 왔습니다. 교주님께서도 그를 원하지 않았습니까?"

"협력하겠다고 하면 원하기는 하나, 협력하지 않으면 굳이 필요하지는 않다."

"그렇습니까? 전 굳이 그런 이유만이 아닙니다."

"다른 이유가 있느냐?"

"이자에게서 배울 점도 확실히 있었지요."

"흠…… 배울 점이라……."

마현의 입에서 쉽게 나올 수 있는 말은 절대 아니었다. 그가 흑수를 보면서 뭔가 배우고 있는 것인가 생각했다. 마천악은 마현이 무슨 생각이 있어 그러는 것임을 짐작했다. 그러나 무슨 뜻이 있어 이러는 것인지 감을 잡지 못했다. 그래도 마현이 살려서 데리고 온 자라는 것이 중요했다. 남에게 관심조차 갖지 않던 그가 관심을 보인 자이니 분명 뭔가 있겠지 생각할 뿐이다.

"네 좋을 대로 하거라. 단, 위협이 되는 행동을 했는데도 불구하고 단전을 허물지 않는다면 내가 직접 단전을 허물 것이다."

"예, 교주님."

"나가 보거라"

"천세만세 지유본교 본교천하."

* * *

"이제부터 이곳이 네가 거처할 방이다."

전각 내부. 손님방으로 추정되는 곳이 흑수의 방으로 배정되었다. 벌레가 들끓는 옥사에 가둘 것이라 생각했던 것과 달리, 좋은 방에 배정시키자 흑수가 의외라는 듯 마현을 바라보았다.

"왜 옥사에 안 가두고?"

"옥사로 가고 싶은가?"

흑수는 고개를 저었다. 세상에 옥사에 갇히고 싶은 사람이 어디 있겠는가. 내공을 사용하지 못하도록 어떠한 처리를 한 구속구를 차고 있는 것만 빼면 자신을 손님처럼 대하는 것이 좀 의외였다.

드륵—!

마현이 방에 있던 의자를 끌어 앉았다. 그는 특유의 미소를 지으며 흑수에게 경고했다.

"이곳에 있다고 해도 넌 절대로 도망칠 수 없다. 도망치려고 하면 추살하라고 명령해 뒀으니 도망치지 않는 게 좋을 것이다. 애초에 이곳을 벗어나도 천산 자체를 벗어나지 않는 이상 어디를 가든 전부 교도들이 깔려 있으니까 도주 자체가 불가능하겠지만."

흑수도 잘 알고 있다. 사방에 자신의 편도 없다. 그가 아는 사람은 더더욱 없다. 게다가 흑수가 거처하는 방 외부에는 마교도들이 배치되어 삼엄한 경계를 하고 있었다.

"넌 정해진 일정대로 움직이면서 생활하면 된다. 지금 당장 무기를 만들라거나 하지는 않아."

"뭘 하는 건데?"

"별것 아니다. 우리 교가 세간에 알려진 것과 다르다는 것을 네가 직접 보고 느끼면 된다. 세간에 들리는 우리에 대한 말이 편견이었음을."

그렇게 해서라도 얻고 싶은 것이 무엇일까? 마현은 싱긋 웃으며 그의 생각이라도 읽은 듯 대답했다.

"이미 말하지 않았나?"

"설마 정말이냐? 진짜 호기심 때문에 이러는 거야?"

"그래, 정말 단순한 호기심이다. 넌 지금까지 봐 온 정파인들과 달라서 말이지. 결과적으로 넌 어디에 소속되어 있는 것도 아니고, 대장장이일 뿐이지만…… 그래도 혼자서 어떻게 그 경지에 도달할 수 있는지 궁금하기도 했다."

그러니까 이것이다. 흑수의 생활을 보면서 자신도 그것을 답습하겠다, 이 말일 게다. 흑수는 피식 웃었다. 자신의 생활을 본다고 하더라도 그는 절대로 자신처럼 빠르게 올라서지 못한다. 자신에게 최적화된 수련법과 끊임없는 생각이야말로 지금의 자신을 있게 만든 원동력이다.

"그럼 다른 건? 재능도 정말이냐?"

"난 허언을 하지 않는다. 두 번째는 너의 대장장이로서의 재능과 무인으로서의 기질이지. 아직 무인으로서는 불합격이지만…… 경지에 있어서는 무시하지 못하지. 그런 네가 우리를 위해 적극적으로 일해 준다면 분명 큰 도움이 되리라 생각했기 때문이다. 무기도 새롭게 재정비할 수 있을 테고 말이지."

장난이고 다른 술수가 있을 것이라 여겼는데 진심이었던 것 같았다.

"내가 만드는 검과 창 같은 것을 마교의 것으로 흡수하고 싶은 모양인데, 어림없다. 절대로 안 만들 거니까. 만든다 해도 쉽게 따라 하지도 못하고 말이지."

흑수는 자신이 만드는 무기에 있어서는 자부심이 있었다. 남들은 결코 쉽게 만들 수 없다. 어떻게든 만든다 하더라도 그의 것과 흉내만 낼 수 있을 뿐, 발치에도 못 미칠 것이다.

"검? 창? 내가 생각하는 게 고작 그 정도일 것이라 생각하느냐?"

"……뭐?"

마현이 고작 그 정도로 널 데리고 왔으리라고 봤느냐는 듯 피식 웃었다. 흑수는 그가 생각하는 바가 무엇인지 좀처럼 감을 못 잡고 있는 와중이었다.

"화포. 우리가 필요한 건 화포다. 화약은 어떻게든 알 수 있었지만, 아무리 관군에게 뇌물을 찔러 줘도 화포 제조법을 알 수 없더군. 화포를 만들려고 해도 무리지. 화약을 쓰는 그 즉시 화포가 망가져 버렸으니까. 하지만 네가 만드는 화포라면 얘기가 다를지 모르지. 어쩌면 지금보다 더한 것을 만들어 줄지 모른다고 기대하고 있다."

그 말에 흑수가 경악했다. 화포를 만들겠다는 것은 대명 제국에 대한 도전이었으니까.

"……미친놈. 진짜 전쟁이라도 할 셈이야?"

"아버지께서 원하신다면. 아버지께서는 꽤 온건파이시 거든. 아버지께선 욕심이 적으신 건지, 정말 대업을 이룰 뜻이 있는 것인지 종잡을 수 없단 말이야. 이런 말을 하는 것도 그렇지만, 때를 잘 노리지 않는다고 해야 하나? 백 년 이나 걸렸어. 철저히 준비한다고 그간 끌어오다가 말이지. 준비는 이미 이십여 년 전에 마쳤는데 말이야."

흑수는 기가 막힌 표정으로 그를 바라보았다. 그 말은 마현의 말대로라면 이십여 년 전에 정마대전이 일어났을 수도 있었다는 소리나 다름이 없기 때문이다.

"뭐, 그렇다는 거다. 쓸데없는 말을 많이 했군. 어쨌든 난 이만 나가 봐야 한다. 내일 일과가 끝나고 널 부를 테니 기다리고 있거라."

"짜여진 일정이 뭔지도 모르고, 설사 안다고 해도 내가 거부하면 어쩔 생각이지?"

"시종이 와서 알려 줄 테니 걱정 마라. 그리고 죽고 싶지

않으면 거부하지 않는 게 좋을 게다. 내가 봐줄 수 있는 것
도 많지 않으니까. 좀 풀어 준다고 너무 마음대로 해도 곤
란하다고."

마현이 싱긋 웃었다. 그러나 그의 미소는 현 상황에서
상당히 소름이 끼쳤다. 아마 지금 그 말은 거짓이 아닐 것
이다. 마현은 더 이상의 말을 남기지 않고 방 밖으로 나갔
다. 결국 방 안에는 흑수 혼자 덩그러니 남겨졌다.

그는 한숨을 푹 내쉬며 구속구를 바라보았다. 어떤 구조
로 되어 있고, 어떻게 자신의 내공을 가둘 수 있게 장치를
한 건지 좀처럼 감을 잡을 수 없었다. 이것을 푸는 것이 급
선무 같아 보였다.

'하지만 억지로 풀 것을 대비하지 않았다고 할 수 없겠
지.'

철저한 성격의 마현이라면 분명 내부에 또 다른 장치
를 해 뒀을 가능성이 컸다. 그 예로, 구속구에는 쓸데없
이 크기가 크고, 구조가 복잡해 보였다. 폭발하게 만드는
건…… 구조상 불가능해 보이고, 안에 독침이 있을 가능성
이 더 컸다.

어지간한 독이라면 아무렇지 않겠으나, 코끼리도 즉사
시킬 맹독이 발려 있으면 흑수라고 해도 해독을 전부 시킬
때까지 움직이지 못할 공산이 컸다. 그러나 흑수는 대장장

이다. 구포현에 조용히 살고 있을 때 관군이 쓸 족쇄나 구속구를 만든 경험이 있다. 구조가 좀 다른 것 같으나 어떻게 약간씩 해부해서 구조를 알아낼 방법은 있었다.

'조급하게 생각하지 말자. 일단 저항하면서 도주할 방법을 모색하는 거야.'

동시에 이 구속구를 풀 방법도 말이다. 그는 구석진 곳에 있는 침대에 몸을 눕히며 마현과 잠깐 한 대화를 곱씹었다.

'아버지께서 원하신다면…… 말이지?'

마현은 분명 그렇게 말했다. 여러 가지 내용을 종합해 보면 마천악은 천하를 얻으려는 뜻이 없다는 것이라는 걸 어렵지 않게 짐작할 수 있었다.

'그러나 마현이라면 얘기는 다를지 모른다.'

마천악은 지금 강호만을 원하고 있지만, 마현은 천하 그 자체를 원하는 것이었다. 마천악이 교주로 앉아 있는 지금 당장은 괜찮을지라도 미래를 생각하면 위협의 수위는 높을 수밖에 없었다. 마현은 그만큼 준비할 시간도 길고, 길게 준비한 만큼 그 힘을 토해 낼 수 있을 테니까.

'강호를 혼란에 빠뜨린 마천악이 온건파에 속한다니. 이곳은 도대체 얼마나 호전적인 곳인지…….'

그렇다면 강경파는 더한 놈들이라는 것인가. 마현이 아

마 강경파에 속할 것이다. 그 목적은 당연히 대명 제국을 몰락시키고, 천하 그 자체를 얻는 것이고 말이다. 그렇게 여러 생각을 하고 있을 때였다.

띠링—

비파 연주 소리가 그의 귀를 간지럽혔다. 흑수는 자신의 방으로 오는 기척을 느끼고 문으로 고개를 돌렸다. 곧 방문을 열고 누군가가 안으로 들어왔다. 방 안으로 들어온 사람은 자신의 또래로 보이는 여인이었다.

"소교주님의 명을 받들어 앞으로 명장님을 모시게 될 소미연이라고 합니다."

소미연이 정중히 인사한다. 흑수는 멍하니 그녀를 바라보고, 곧 눈을 마주쳤다.

'미인이긴 하네. 근데 눈빛이 날카로워서 감점.'

그것이 흑수의 솔직한 생각이었다. 그러나 곧 신경을 껐다. 시종이 올 거라고 마현이 말하지 않았던가. 흑수가 자리에 앉으며 시선을 그녀에게 향한다.

"내일 일과는 어떻게 되죠?"

"아침에 기상과 동시에 조식(朝食)을 한 이후, 천주각(天駐閣)에 석식(夕食)까지 있을 예정입니다."

"천주각?"

천주각이 뭐냐고 물어봤지만, 그에 대한 대답은 없었다.

소미연은 대답을 해 주지 않고, 그의 앞에 뭔가를 내려놓았다.

"식사를 하고 식기는 밖에 두시면 됩니다."

그녀는 다시 방문을 닫고 돌아갔다. 흑수는 쌀쌀맞은 태도에 머리를 긁적였다.

'하기야, 자신들에게 적대하는 사람이니 이러는 것도 당연할 테지.'

지금 이렇게 대우받는 것도 의아한 것 중 하나일 것이다. 흑수도 의외인데 그녀라고 오죽할까. 흑수는 일단 주린 배를 채우자고 생각하며 식사를 시작했다.

*　　　*　　　*

이튿날 아침. 참새가 간드러지게 지저귀는 소리와 함께 흑수의 방 안으로 소미연이 문을 열고 들어왔다.

"명장님, 일어나실 시간입니다."

흑수는 이미 일어나 있었다. 잠자리가 바뀌고, 마교의 본거지에 왔다는 것에 마음이 뒤숭숭해 잠들 수 없었던 것이다. 소미연은 그가 일어나 있는 것을 확인하고, 그의 앞에 식사를 내려놓았다.

"식사를 하시고 나서 어제처럼 밖에 내놓으시기 바랍니

다."

말은 공손하나, 눈매는 여전하다. 어쩐지 적의가 살짝 담겨 있는 기분이다. 흑수는 그러려니 넘어가며 일단 젓가락을 들었다. 식사는 평범한 것들이었다. 맛있지도, 맛없지도 않지만, 굳이 말하자면 맛있는 쪽에 속했다. 그렇게 만족스럽게 식사를 하고서, 흑수는 식기를 밖에 내놓았다. 밖에서 기척이 들리며 방 앞에 있는 식기를 가져가는 소리가 들렸다.

내공에 제약이 걸려 있어 수련도 못 한다. 이 적적함을 어떻게 달랠 수 있을지…… 읽을 책은 있지만, 마교의 역사, 교리 같은 서적들이 있었다. 일부러 그것들만 배치한 것 같았다.

'눈에 보이는군.'

가장 눈에 잘 띄는 곳에 둔 것만으로도 충분히 의심스럽다. 흑수는 한숨을 푹 내쉬며 방문을 열어 밖으로 나갔다. 그리고 방문을 열기 무섭게 소미연과 눈을 마주쳤다. 밖에 그녀가 있다는 것은 알고 있었기에 당황스럽지는 않았다.

"어딜 가시는 겁니까?"

시종이라고 하지만 일종의 감시자다. 소미연은 특유의 날카로운 눈매로 그를 바라보고 있었다. 그녀뿐만 아니라, 그의 방 앞을 지키는 마교도들도 흑수에게 시선을 집중시킨다.

"갑갑해서 바람 좀 쐬러 가려고요."

"이곳에서 바람이 부는 곳은 없습니다."

"……."

생각해 보니 이곳은 사방이 막힌 곳이었다. 바람이 불어올 리 만무했다. 바람이 불어도 아주 작은 바람이나 불 것이다.

"그리고 한 시진 후에 천주각에 갈 예정입니다. 대기하여 주십시오."

"한 시진 안에 돌아오거나 길어지면 도중에 가도 되는 거잖아요? 전각 외부로 나가게 하지는 않을 테고…… 대충 산책이라도 하면 되잖아요."

한 시진이면 충분한 시간이 있지 않던가. 설사 길어져도 그의 말처럼 갈 시간이 되면 가면 되는 것이다. 소미연도 납득한 듯 고개를 주억였다.

"알겠습니다. 옆에 따라가겠습니다."

"겸사겸사 길 안내도."

소미연은 잠깐 인상을 찌푸렸으나, 알겠다고 대답했다. 딱 봐도 성미에 맞지 않는 일을 하고 있어 고생하고 있다는 것을 알기에 흑수는 가뿐히 무시하고 그녀의 뒤를 따랐다. 그리고 지금껏 지붕 위에서 기척을 숨기고 감시하던 자들이 그의 뒤에 따라붙었다. 이것저것 불편한 산책이었다.

'내가 배정된 방을 나와서 얼마 이동하지도 않았는데 꽤 많은 사람들이 날 주시하고 있네.'

다른 이도 아니고 마교의 소교주가 끌고 온 사람이니 호기심을 갖는 이도 있었고, 어느 문파의 장문인도 아닌데 이런 대우를 받는 것도 이해하지 못하는 듯싶었다.

'이 구속구만 없었다면 탈출은 할 수 있을 텐데.'

흑수는 한숨을 푹 내쉬면서 쫄래쫄래 소미연의 뒤를 따른다. 그녀는 앉아서 쉴 수 있는 곳으로 안내해 주었다. 흑수는 다소 확 트인 곳을 보고 감탄했다. 전각 내부에 이런 곳이 있을 줄은 몰랐기 때문이다.

"마유장(魔留場)이라는 곳입니다. 본 교의 교도들이 심신의 안정을 취하는 곳이지요."

"그렇군요."

아무래도 아침인 탓에 벌써부터 이곳을 찾는 마교도는 없었다. 마유장에 있는 사람은 흑수와 소미연 단둘이라는 소리였다.

여전히 사방이 꽉 막혀 있고, 하늘만 뻥 뚫린 것을 보자니 갑갑하다는 느낌은 그대로다. 그러나 넓은 공간에 있는 덕분에 어느 정도 휴식다운 휴식을 취할 수 있을 것 같았다. 인공적으로 꾸민 곳도 있으나 대부분은 자연스러웠다.

봄이나 여름이면 자연의 풍취를 느낄 수 있을 텐데. 아쉽게도 지금은 불가능한 얘기였다.

'바람이 불지 않으니까 춥지도 않지만, 아쉬운 건 겨울답게 풀이 제대로 안 자라 있는 것이겠네.'

이제 슬슬 봄이 올 시기이지만 아직도 겨울이다. 아침과 저녁이 가장 춥다. 그러나 이곳은 바람이 불지 않는 덕분에 체감 온도는 그렇게 낮은 편이 아니었다. 흑수는 어디한 곳에 앉더니 몸을 바닥에 뉘었다.

띠링—

소미연이 가지고 있던 비파를 튕겼다. 보잘것없는 자연 풍취에 그녀의 비파 연주가 하나를 이루니 휴식을 취할 맛이 났다.

*   *   *

그로부터 일주일. 흑수는 조식을 한 후 매일 같이 천주각에 나가 석식까지 가만히 있는 일상을 보냈다. 천주각 내부에서는 수많은 마교도들이 모여 무릎을 꿇고 절하고 있었다. 천주각 가장 안쪽에서 교리를 읊는 마교도의 말에 따라 교도들이 복창하기도 한다.

흑수는 천주각 내부에 들어온 것만으로 불쾌감을 느끼고

있었다. 처음 왔을 때도 그렇지만 지금도 마찬가지다. 지금은 다소 익숙해진 것 같으나 찜찜한 기분은 여전히 남아 있었다. 그는 지금까지 천주각에서 그들이 하는 일을 구경만 하고 있을 뿐이다. 주위에 있는 마교도들은 그가 뭘 하든 신경 쓰지 않고 자신의 일에 열중하고 있었다.

"천세만세, 지유본교, 본교천하!"

한 구절을 읊으면 마교도들이 끝에 그런 말을 외치며 감동해하고 있었다. 소미연은 흑수의 감시를 위해 그들처럼 푹 빠져 있지는 않으나, 조용히 눈을 감은 채 구절을 읊고 있었다. 이런 곳에서 석식까지 있어야 하다니. 고문이나 다름이 없었다. 그러나 계속 듣다 보니 어느새 익숙해지기 시작했다.

"천세만세, 지유본교, 본교천하!"

"천세만세, 지유본교, 본교천하."

흑수는 순간 자신의 입을 틀어막았다. 왜 자신이 저들처럼 이를 읊는 건지 모를 일이었다. 자신도 모르게 툭 튀어나와 당혹스럽기까지 했다.

'뭐지?'

흑수는 거기서 자신이 불쾌해한 이유가 뭔지 알 수 있었다. 계속 듣다 보니 어째 자신도 모르게 빠져드는 기분이었다.

'그러고 보니 이곳은 단체 생활을 중시한다고 했지?'

그 외에도 그들이 읊은 교리에 대한 내용을 생각해 보니 백성들에게도 나쁜 것은 거의 없었다. 오히려 대명 제국의 법체계보다 이곳의 교리를 따르는 게 낫다는 생각이 들었다. 모든 이들이 이 교리를 알게 되면 삶에 대한 고통도 잊을 수 있을 테고, 그로 인해 힘을 얻을 수 있을 테니까.

여러 가지 생각해 보니 여기도 괜찮을 것 같다는 생각이 든다. 흑수는 멍한 표정을 짓다가 피식 웃었다.

'이것이었군.'

그들이 읊는 것은 단순한 교리이지만, 알게 모르게 심적인 영향을 끼치고 있었다. 일종의 섭혼술과 같이 사람을 현혹시키고, 최면 상태로 이끄는 기분이 강했다. 일부러 하는 것 같지는 않지만, 교리를 읊는 내내 그 힘이 나타나는 것 같았다.

'이곳에서 일주일 동안 하루도 빠짐없이 석식까지 있게 한 이유가 이거였어.'

마교의 교리에 빠지면 헤어 나오기 힘들다고 했던가. 아마 그것을 노리려는 것이 아닐까 싶었다. 그러나 흑수는 이것을 이겨 낼 자신이 있었다. 내공을 온전히 사용치 못한다 하더라도 고작 이 정도로 넘어갈 만큼 흑수도 어수룩하지는 않았다.

'그들이 하는 것을 보면 사이비 종교 같은 느낌도 없잖아 있고 말이지.'

교리를 읊으며 우는 교도들, 이를 더욱 부추기는 자들까지. 하나같이 그의 마음에 들지 않았다. 일종의 세뇌 교육을 시키고 있던 것이다. 이를 알았으니 이제 더 이상 넘어갈 생각은 없었다.

'이곳에 있다간 정신이 이상해지겠네.'

그러나 헛간에 가는 것 외에는 이곳에서 벗어나는 것이 용납되지 않는다. 흑수는 한숨을 푹 내쉬며 가만히 앉아 멍하니 딴생각을 했다. 이럴 때 청력이 좋은 게 참으로 애석하다고 생각하며 한 귀로 듣고, 다른 한 귀로 흘려 버렸다.

*　　　*　　　*

"그를 옥사에 가두거라."

"안 됩니다, 아버지."

"도무지 이해가 가지 않는구나."

마천악은 마현을 불렀다. 그가 마현을 부른 이유는 간단했다. 단흑수 그자를 데리고 온 목적이었다. 옥사에 가두는 것도 아니고, 고문을 하는 것도 아니다. 손님방에 거처하게 하면서 천주각에 데리고 가 교리를 듣게 하는 게 전부였다. 옥사에 가둬 협박과 고문을 하면 이해할 수 있다. 그러나 포로를 손님처럼 대하는 그의 행동은 도저히 이해할 수 없는 행동인 것이다.

"그를 왜 그렇게까지 두둔하는지 모르겠구나. 무슨 생각이더냐?"

"그가 대장간에서 일하게 만들 겁니다. 스스로 말이지요."

"고작 그 이유더냐? 이곳에서도 실력이 뛰어난 대장장이는 얼마든지 있다. 광동 제일의 명장이라는 허명 때문에 그러는 것이더냐?"

무공이 뛰어나다는 건 들어서 알고 있다. 마현과 대등하게 싸울 수 있는 자는 천하에 그리 많지 않았다. 그런 자를 설마 그와 같은 또래가 행할 줄은 아무도 예상치 못했을 것이다. 그래, 무공은 뛰어나다. 하지만 대장장이로서 뛰어나 봤자 얼마나 뛰어나겠느냐는 생각이 더 강했다.

"이게 단흑수가 만든 대도입니다."

마현이 낑낑거리며 흑태도를 가지고 온 마교도에게서 도를 건네받고 그의 앞에 내려놓았다. 검은빛이 머물고 있는 대도. 딱 봐도 강호에 다신 없을 만큼 무식하게 큰 대도였다.

"이런 걸 무기로 사용한다는 말이더냐?"

"예, 단흑수는 이걸 한 손으로 들고 싸웁니다."

"허!"

마천악이 기가 막힌 표정으로 흑태도를 들어보았다. 한 손으로 드는 것은 어렵지 않으나 꽤 무겁다는 것을 느낄 수 있었다. 어지간한 무인들도 휘두르지 못할 대도를 들고 싸우다니. 놀랍지 아니할 수 없었다. 그러나 그가 놀란 것은 다른 것도 있었다.

"무겁고 다루기 어렵다는 것을 빼면 좋은 무기로구나."

그는 흑태도를 한눈에 봐도 꽤 대단한 무기라는 걸 알 수 있었다. 그 어떤 신병이기보다 대단해 보였다. 이런 무기를 어떻게 구한 것인지 궁금할 따름이다.

"그것이 단흑수가 만든 대도입니다."

"종리세가와 신녀문의 신물을 수리했다는 걸 들었지만 그에 버금가는 무기를 만들었다는 건 처음 듣는구나."

"저도 조사하면서 우연히 알게 된 사실입니다. 그자의 집에는 이것보다 조금 뒤지는 명검이 하나 더 있다고 합니다. 종리세가의 무인들이 지키고 있어 가지고 오지는 못했습니다."

그가 말하는 것은 오행대도였다. 정확한 이름은 모르지만 그가 흑태도 전에 차고 다닌 대도가 있다는 것을 알게 된 것이다. 사실 여부는 종리세가의 무인들을 뚫고 탈취할 동안 밝혀지지 않을 것이다.

"본 교에 이자와 대등하게 철을 제련할 수 있는 자가 있더냐?"

"없을 겁니다. 그는 자신의 내공을 사용하면서 철을 제련한다고 합니다. 그 때문에 모든 면에서 그를 따라오기란 힘들 겁니다."

"기가 막히는구나."

마천악은 몇 번 더 흑태도를 위아래로 바라보더니 곧 내려놓았다. 욕심이 나는 무기이기는 하나, 다루기 어려운 무기는 고철 덩어리에 지나지 않는다. 아쉽지만 어쩔 수 없는 것이다.

"그자를 포섭해서 검을 만들게 할 생각이더냐?"

"예, 그자가 자신이 직접 나서서 만들게 할 요량입니다."

자신의 의지로 만드느냐, 강제로 만드느냐. 그 차이였다. 마현이 생각하기에는 스스로 만들게 하는 게 좋다고 생각했다. 강제로 만들게 하면 오히려 반항할지도 몰랐다. 그러면 더 오래 걸린다.

'가장 좋은 방법은 음선지체를 납치해서 협박하는 건데…….'

그래도 좋은 방법은 아니었다. 그것은 후선책이다. 마현은 굳이 흑수를 건드리면서까지 강제로 만들게 할 생각은 없었다.

"너답지 않구나."

마천악은 지금까지 보여 왔던 마현의 모습과 정반대되는 모습에 의아함을 감추지 못했다. 그가 이렇게까지 정성을 들여가며 누군가 회유하려는 것은 이번이 처음이었기 때문이다. 신녀문의 무란신녀라고 했던가? 그녀를 시작으로 신녀문의 내부 기반을 차례로 무너뜨리려고 했을 때도 이보다 정성을 기울이지 않았다.

"그는 재밌는 자입니다."

"재미있다?"

"그가 하는 일은 제게 신선한 충격을 주고 있습니다. 그와 함께 있으면 지루할 일이 없지요."

마현이 잔잔한 미소를 지었다.

"소교주로 있는 제게 벗은 없습니다. 하지만 그는 어쩌면 제 직위에 상관 않고 대하는 유일한 벗이 될지도 모르지요."

"……"

그 말에 마천악의 표정이 어두워진다. 그의 말에서 자신의 과거가 떠오른 까닭이다. 과거 자신이 소교주였던 시절에 진심으로 마음을 준 무산신녀. 그녀를 위해서라면 소교주의 자리도 필요 없다고 느꼈던 적이 있었다. 고작 한 계절 정도의 시간을 같이 지냈지만 그의 삶에서 가슴이 뜨겁게 달아올랐던 적은 그때가 유일했다. 그러나 그것은 비극으로 끝났다.

교주의 자리에 오르는 이들은 하나같이 고독의 길을 걸었다. 본의든 타의든. 모두가 그러했다. 자신이 마음을 줄 만한 자가 나타나면 반드시 악재가 겹친다. 그것이 지금까지 교주와 소교주들의 삶이었다.

'마현. 교주란 홀로 군림해야 하는 고독한 자리다. 네게 그런 일은 벌어지지 않을 게야.'

설사 벌어진다고 해도 상관없다. 나중에는 깨닫게 될 것이다. 소교주의 자리에 앉은 이상 그 운명은 피할 수 없다는 것을. 지금은 몰라도 된다. 단지 언젠가 알게 될 사실이라는 것뿐이다.

"참, 그리고 그는 우리의 힘을 보태어 줄 자이기도 합니다."

"우리의 힘을 보태어 준다?"

"화약의 성능은 이미 시험해 봤습니다. 종남파와 화산파의 철벽과도 같은 진이 일제히 무너지더군요. 여기에 화포로 무장하기만 하면 대명 제국도 우리를 업신여기지 못할 겁니다."

"이런 어리석은⋯⋯!"

그 말에 마천악이 인상을 찌푸렸다. 지금 자신이 잘못 들은 것인가 했다.

"지금 당장 우리에게 관심을 갖지 않는 대명 제국을 굳이 건드리려고 하다니. 쉽게 풀어 갈 수 있는 싸움을 왜 어렵게 만드는 것이냐!"

그는 마현이 화약을 사용했다는 것을 오늘 처음 알았다. 그에게 보고된 것들은 화약을 사용했다는 것이 없었기 때문이다.

마천악은 그가 화약 제조법을 빼돌린 것을 알고 있다. 그것은 분명 천마신교에 큰 도움이 될 것이라고 믿었다.

제아무리 뛰어난 무인이라도 화약 무기 앞에서는 속수무책으로 당하기 일쑤이기 때문이다. 그러나 아직 시기상조다. 굳이 대명 제국을 자극할 필요가 없는 것이다. 강호를 통일하고 그렇게 하면 괜찮다. 하지만 아직 정파인들이 세를 떨치고 있는데 굳이 싸움을 어렵게 만들 수 없었다.

"아버지께 묻겠습니다. 한 번에 일망타진할 수 있는 기회를 놓치십니까. 빠르게 이 싸움을 끝내고 천하를 얻을 수 있는 방법이 있는데 굳이 길게 끄시는 이유를 모르겠습니다."

"더는 안 흘려도 될 교도들의 피를 더 흘리게 만들 셈이더냐!"

마천악이 탁상을 주먹으로 때렸다. 탁상이 그의 힘에 못 이겨 두 쪽으로 갈라지며 바닥에 나뒹굴었다.

"왜 이리 성격이 급한 것이냐. 강호를 통일하면 교도들이 더 많이 모여 시기를 보았을 때 우리의 뜻을 펼칠 수 있을 것을! 쉽게 천하를 얻을 수 있을 것을 왜 굳이!"

강호를 통일하고 교도들의 수가 많아질 때를 노리는 마천악과 대명 제국과 정파인들을 동시에 상대하여 천하를 얻으려 하는 마현.

전력으로 볼 때 정파와 마교는 비등비등하나, 자신들이 약간 더 우세한 정도다. 여기에 만일 대명 제국이 끼어들기라도 하면 순식간에 자신들이 열세가 될 수 있는 것이다. 외세의 침략 때문에 약화되었다고는 해도 대명 제국은 아직 건재하다. 여기서 싸움을 굳이 어렵게 하려는 이유는 없었다.

"원래 쉬운 싸움은 없습니다, 아버지."

마현이 사이하게 웃자, 그의 눈이 번들거렸다. 그의 웃음은 이미 평소 알고 있던 것이 아니었다. 마천악은 그의 표정을 보고 상상도 못 한 일을 꾸미고 있다는 것을 짐작할 수 있었다. 지금 마현은 음선지체의 존재를 알았을 때의 그 표정이다. 무슨 일을 꾸밀지 모르는 흉계가 가득한 것 말이다.

"마현, 네놈……!"

"피를 뿌려야 한다면 그 대가를 치러야지요. 제 사람들도 이를 원하고 있습니다."

마천악이 이를 아득 물었다. 마현은 이미 작정했다. 자신이 만들고 있는 발판을 천천히 걸어도 되련만 군이 위험하게 그 발판을 뛰어넘으려고 하고 있다. 아비된 입장으로, 아니. 천마신교 교주의 입장으로 이를 말려야 한다.

"소교주."

"예, 아버지."

"지금은 아비된 입장이 아닌 교주 된 입장으로서 명령한다. 소교주 마현은 들어라."

그가 위압적인 분위기를 풍긴다. 마현이 자리에서 일어나 무릎을 꿇고 정중히 예를 갖춘다.

"……소마, 마현. 경청하겠습니다."

마현은 마천악이 위압적인 분위기를 풍기자 아버지가 아닌 교주에 대한 예를 취했다. 사적인 자리에서 교주로서의 명령을 할 정도면 무의식중 그의 심기를 건드렸다는 뜻이리라.

"지금부터 화약 사용을 금한다. 화약은 내 허락이 떨어지거나, 네가 교주의 자리에 봉해질 때 사용하라."

"……."

"대답은?"

"납득하기 힘듭니다. 피해는 다소 예상하지 않으셨습니까. 대명 제국과 싸운다 하더라도 포로로 잡은 무림맹의 무인들과 강시들을 앞세우면 교도들의 피해는 최소화할 수 있지 않습니까!"

"감히 본좌에게 토를 다는 것이냐?"

마현은 그가 풍기는 위압감에 곧 고개를 떨구며 이를 갈았다. 그러나 교주의 말은 절대적. 마현은 결국 그의 말에 복종했다.

"……소마, 마현. 교주님의 뜻을 따르겠나이다."

그의 말에 그제야 위압감이 사라진다. 마천악은 언제 그랬냐는 듯 방금 전과 같이 아비된 입장으로 돌아왔다.

"마현, 돌아가서 생각을 정리하라."

"……알겠습니다."

마현은 자리에서 일어나며 방을 나선다. 밖으로 나온 그의 옆에 호위 두 명이 뒤따른다. 그는 한숨을 푹 내쉬었다.

'아버지께서는 아무것도 모르신다.'

그래, 그의 말대로 상상 이상으로 많은 교도들의 피가 초야에 뿌려질지 모른다. 하지만 병력이 양분된 대명 제국과 정파인이라면 그럭저럭 상대할 만했다. 대명 제국은 상상 이상으로 힘이 약화되고 있다. 오랜 내전과 외세의 침략으로 지칠 대로 지친 상태인 것이다. 마현은 강호 정세를 확인하기 위해 강호를 주유하며 그 소식을 접했고, 사실 확인까지 했다. 그러나 말로만 전달받은 마천악은 이를 잘 몰랐다.

의견 대립은 어느 정도 생각해 두었던 바다. 그러나 사적인 자리에서 보이지 않던 교주의 권위를 이용할 정도로 거부할 줄은 몰랐다.

'아버지께서는 정말 강호 일통에만 집중하고 있어. 그 고집만은 절대 꺾지 않으시지.'

대명 제국을 무너뜨리기 위한 발판은 벌써 마련되어 있다. 백 년. 무려 백 년이다. 천마신교는 그 적지 않은 시간 동안 숨죽여 힘을 비축했다. 이미 그 기틀을 마련했고, 천하를 얻을 힘도 있었다. 그러나 마천악은 신중을 기한다는 명분으로 강호 일통으로만 만족했다. 마현은 이를 납득하기 힘들었다. 일부 간부들도 마현처럼 의아함을 표하는 자들도 다수 있다.

'겁을 내시는 건가.'

마천악은 뭔가를 기다리는 듯 소심하게 대처하고 있다. 겁을 먹은 것 같기도 하고, 무엇을 기다리는 것 같기도 하다. 어떤 것이 진실인지 잘 모른다. 그러나 강경파의 눈으로 보기엔 겁을 먹고 몸을 사리는 것으로밖에는 보이지 않았다. 마현도 그렇게 생각했다. 도대체 무엇을 겁내는 것인지 그 의중을 알기 힘들다. 이 고민은 길어질 수밖에 없다. 술이 생각나는 날이라고 생각하며 자신의 거처로 이동 중일 때였다.

멀지 않은 곳에서 소란이 벌어지고 있었다. 교도들의 사소한 의견 대립이겠거니 생각해서 무시했겠으나 그의 귀로 익숙한 이들의 목소리가 들려왔다. 그는 소란이 벌어지고 있는 곳으로 발걸음을 옮겼다.

*　　*　　*

천주각에서 교리를 듣는 일을 마친 흑수는 피곤한 기색이 역력했다. 한 귀로 듣고, 한 귀로 흘려듣는다고 아예 안 들리는 것도 아니었다. 게다가 거의 하루의 대부분을 이곳에서 보내게 되니 그 지루함은 이루 말할 수 없었다.

'이러다가는 할 게 없어서 거기서 교리나 읊을 수도 있겠네.'

그 작은 행동 하나가 마교에 빠지게 만드는 것일 수도 있었다. 흑수는 그쪽과 동화되는 것 자체에 거부감을 느꼈다. 이 짓을 얼마나 해야 하는지…….

'어쩌면 내가 푹 빠질 때까지 할 수도 있겠네.'

고문이 따로 없다. 흑수가 한숨을 푹 내쉬며 고개를 저었다. 아직까지는 괜찮다. 버틸 수 있을 때까지 버텨야 한다.

'이곳을 빠져나갈 방법도 모색해야 하고 말이지.'

그리고 빼앗긴 흑태도의 위치도 알아내야 했다. 그의 흑태도는 이미 압수를 당해 어디 있는지 보지 못했다. 마현이 가지고 있거나, 따로 보관하고 있을 확률이 컸다.

"후우."

답답한 마음에 흑수가 한숨을 내쉬며 소매 안에 있는 연초와 곰방대를 주섬주섬 꺼냈다. 그러자 소미연이 그의 곰방대를 잡았다.

"천주각 내부는 금연입니다. 연초를 태우실 수 없습니다."

"……왜요?"

"그렇게 정해져 있습니다."

이런 세계에 금연 구역이 있다니. 흑수가 기가 찬 표정이었으나 그것을 이해 못 하는 바가 아니었다.

확실히 이곳은 담뱃불에 화재가 일어나면 대형 화재로 이어질 확률이 커 보였다. 게다가 마교도들이 예배를 하는 곳이기도 했다. 예배를 하는 곳에서 연초를 태우는 건 그렇게 썩 좋은 모습은 아닐 것이다.

"쩝."

흑수는 입맛을 다시며 연초 잎을 다시 소매 안에 넣었다. 그가 연초를 다시 집어넣자, 그제야 그녀가 곰방대를 놓아주었다. 그냥 무시하고 피울 수 있겠지만 괜히 말썽을 피우고 싶지 않았다. 이곳은 자신의 집이 아니다. 끌려온 입장이다. 눈치를 봐야 했다. 괜히 남들의 눈에 띄어서 좋을 것이 하나도 없었다.

"흐음~ 소문은 들었지만 정말 키가 엄청 크네?"

흑수의 뒤에서 간드러지는 여성의 목소리가 들려온다. 자신에게 한 말이라는 것을 안 흑수가 뒤를 돌아보았다. 난생처음 보는 육감적인 몸매의 여성이 서 있었다.

"뉘신지요?"

"난 만인사독(萬人死毒) 진소향이다. 교주님의 옆을 모시는 사대호법 중 하나이기도 하지."

가슴을 강조하듯 끌어안는 진소향. 마치 유혹하는 모양새였다. 그러나 흑수의 시선은 오직 그녀의 얼굴에 향해 있었다. 자신에게 접근한 것을 보면 분명 이유가 있을 것이라 생각했기 때문이다. 미인계로 이성적인 판단을 못 하게 하려는 마현의 술수일 수도 있다는 생각이 들었다.

만 명을 죽인 독이라는 별호인가. 참 굉장하고도 거창한 별호구나 싶었다. 정말 만 명을 죽였다면 희대의 살인마가 아닐까 싶었다. 여러 감상은 있었지만 그녀의 말에는 무시할 수 없는 단어가 있었다.

"사대호법? 거창한 직위에 있는 사람이 무슨 일로 절 찾아온 거죠?"

"네가 죽인 공예령의 스승이다. ……라고 하면 납득할 수 있겠느냐?"

"아아, 공예령."

참으로 오랜만에 듣는 이름이다 싶었다. 유종상단 사건 때 주혜연을 암살하기 위해 오래전부터 준비하고 있던 자였다. 그 사람의 스승이 자신을 찾아올 줄은 전혀 몰랐다. 그리고 그녀의 스승이 이런 거창한 사람일 줄은 생각도 못했다.

"왜요, 욕하려고요?"

"호호호! 재밌는 아이로구나."

진소향이 크게 웃었다. 설마 대답이 욕하려고 찾아왔느냐일 줄 누가 상상했겠는가. 진소향은 손가락으로 눈물을 닦아 냈다.

"오랜만에 크게 웃었다. 그런 이유로 왔을 거라 생각했느냐?"

"그렇다면 복수가 가장 타당하겠네요."

"복수라…… 뭐, 나쁘지는 않겠지만 그런 의도로 온 건 아니다. 그저 궁금했을 뿐이다. 내 애제자를 죽인 자가 누구인지."

사실은 흑수가 죽인 마교도는 흑영이고, 공예령을 죽인 이는 초유린이다. 하지만 그 정보까지는 알아내지 못한 것 같았다. 유종상단의 일에 깊이 관여했고, 워낙 일을 크게 벌여 시선이 주목된 흑수다. 그 때문에 그가 죽인 것으로 정보에 오류가 있던 것이다.

'아무렴 어떠랴. 어차피 거기서 거기인 것을.'

사실대로 말해 봤자 말도 안 되는 변명밖에 안 될 것이다. 어차피 안 믿어 줄 것이다. 괜히 입 아프게 말할 생각도 없었다.

"소교주님을 잠깐 몰아붙였다는 것은 사실인 듯하군."

금제를 당했으나 흑수에게서 은연중 흐르는 기세를 느낀 것 같았다. 흑수는 어째 밑천을 드러내고 있는 기분이기에 마음이 썩 좋지는 않았다.

"후후, 마음 같아서는 천천히 정기를 빼앗으면 좋을 것 같단 말이야. 최대한 고통을 주면서 말이지. 내게 살려달라고 비는 모습을 보고 싶지만 그러지도 못하겠군. 소문주님께서는 해코지를 하지 말라고 했으니. 그래도 혹시 모르니 여쭤 봐야겠어. 죽지 않는 선에서 빼앗아는 건 괜찮냐고."

"……."

흑수가 인상을 와락 구겼다. 그녀가 말한 정기가 대충 뭔지 알았기 때문이다. 성관계에 가까운 일일 것이다. 남자의 양기, 여자의 음기로 젊음을 유지하는 무공이 있다는 소리는 들었다. 아마 그녀도 그런 쪽의 무공을 배운 것이라 판단했다.

'보기와 달리 나이는 꽤 되겠군.'

추측하는 건 어렵지 않으나 정확히 알 수 없다. 그러나 한 가지 확실한 건 그녀는 지금 보이는 나이보다 훨씬 많을 것이라는 것이다.

"별로 안 무섭나 보네? 혹시 기대하고 있는 거야?"

진소향은 가슴을 더욱 끌어안아 강조한다. 그러나 그럴수록 흑수의 얼굴은 종이처럼 구겨질 뿐이다.

"마교도는 하나같이 변태들밖에 안 모였군. 머리가 하나같이 뭔가 부족한 것 같아. 자기 제자를 죽인 원수에게까지 이럴 정도면 말은 다한 셈이지."

흑수는 상종하기도 싫다는 표정이었다. 이곳에서 지내면서 흑수는 확실히 알 수 있었다. 마공을 익힌 이들 중 성격 파탄자가 많다는 것을. 어딘가 한 곳이 빠진 모습도 많이 보았다. 정도의 차이는 있지만 잘 보면 어딘가 빠져 있다. 그것은 진소향도 예외가 아니다.

"이곳에서 그렇게 말을 함부로 하면 무사하지 못할 텐데? 죽고 싶은 모양이지?"

그녀가 흉흉한 기운을 뿌린다. 흑수는 오히려 이죽이며 맞섰다.

"죽이려고 온 거면 마현에게 허락받는 게 좋을걸?"

"소교주님의 존함을 함부로 부르다니. 무례하구나."

진심으로 화가 난 듯 그녀가 상당히 언짢은 표정을 지었다. 훗날 마교를 이끌게 될 소교주. 그들에게 있어 충성을 다해야 할 사람은 교주만이 아니었던 것이다. 그러나 흑수는 딱히 그를 높여 부를 생각이 없었다.

"당신들과는 달리 나는 마교도가 아니라서 말이야. 내게 높여 부르라고 말하지는 말지? 마현이 말한다 해도 안 들을 거니까."

공적인 자리만 아니라면 마현도 별로 신경 안 쓸 것 같았다. 애초에 공적인 자리에 흑수를 데리고 가지 않겠지만 말이다.

"소교주님의 자비로 살아 있는 주제에 입이 살았구나. 그리고 네놈이 말하는 마교도의 본산에 와 있는 자가 소교주님의 존함을 함부로 부르다니. 목숨이 아까운 줄 모르는

구나."

"억지로 끌려왔으니 자비를 베푼 것 같지도 않은데? 당신들이나 마현에게 설설 기어라. 난 그럴 생각이 추호도 없을 테니까."

짝!

진소향이 흑수의 따귀를 때렸다. 흑수는 뺨이 얼얼하다는 것을 느꼈다.

"좋게 말할 때 듣는 게 좋을 게야. 소교주님께서 네놈을 비호하고 계셔서 이 정도로 끝낼 뿐이지."

내공을 금제당한 상태라 금기의 효과를 받을 수 없었다. 그의 몸은 전과 달리 민간인보다 맷집이 매우 좋은 정도밖에 안 되는 것이다. 여타 무인들과 별다를 바 없는 것이다. 그런 상태에서 진소향의 따귀를 맞았으니 당연히 꽤 아팠다. 그러나 비굴하게 설설 길 생각도 없었다.

"퉤! 고작 이것밖에 안 돼? 더 세게 때려 보시지?"

흑수는 눈매가 날카로워지며 피가 섞인 침을 뱉어 냈다.

"내공도 마음대로 쓰지 못하는 놈이 입은 살았구나."

"제대로 붙고 싶으면 이걸 풀어 주든가. 내공도 못 쓰게 만들어 놓고 사람을 무시하다니. 제대로 붙으면 별것도 아닌 것들이."

흑수의 말에 진소향의 표정이 와락 구겨졌다. 그녀의 얼굴이 구겨지니 상당히 볼 만했다. 화장을 얼마나 짙게 했는지 갈라지는 것이 눈에 확연히 보일 정도였다.

"심기가 불편하면 죽여 봐. 마교도들은 무인들과 달리 자존심이 없는 족속들인가?"

흑수의 말에 북해의 빙하처럼 차가운 한기가 몰아쳤다. 소미연이 흑수의 앞으로 나왔다.

"넌 누구지?"

"소마, 소미연. 만인사독을 뵙습니다."

"소미연? 아아, 사천 백인장의 조카인가?"

"그렇습니다."

'사천 백인장?'

그가 누군지 모른다. 그러고 보니 흑수는 소미연에 대해 하나도 몰랐다. 물어보지도 않았고, 궁금하지도 않았으니까.

"네가 나설 것이 아니다. 애초에 네가 그를 지키는 것이 더 이상할 따름이구나. 오히려 네가 그를 백 번 죽여도 이상하지 않을 텐데?"

흑수는 서로 무슨 대화를 하는 건지 모르겠다는 듯 보였다. 그의 표정을 본 진소향이 피식 웃었다.

"녀석이 모르고 있군. 말하지 않은 것이냐?"

"소마는 그저 소교주님의 명에 따를 뿐입니다."

"……답답한 녀석 같으니라고."

진소향은 흑수를 노려보다가 곧 허무하다는 듯 손을 내렸다. 그녀가 방금 전까지 보였던 분노는 이미 사라지고 없었다. 이를 지켜보던 흑수는 어떻게 반응해야 할지 모르겠다는 표정이다.

"참 재밌는 광경이구나."

조용한 말이 그들의 귀에 닿았다. 익숙한 목소리. 그 목소리가 귀에 닿기 무섭게, 진소향과 소미연이 그 즉시 땅에 엎드려 머리를 조아렸다.

"천세만세 본교천하! 소, 소교주님께서 여긴 어인 일로……."

"소란스러워서 와 봤다. 꽤 재밌는 광경을 봤어."

"소교주님 그것이 아니오라……."

진소향이 뭔가 변명을 하려는 듯 보였다. 그러나 마현은 그녀가 따귀를 때릴 때부터 이 광경을 지켜봤다. 변명을 해 봤자 소용이 없었다.

"변명인가?"

"아, 아니옵니다."

"만인사독. 이자에게 해코지를 하면 용서치 않을 것이라 경고했을 터인데?"

"송구하옵니다!"

쿵!

진소향이 머리를 바닥에 세게 찧었다. 흑수는 이 모습을 보고 마현의 직위가 높긴 높구나 새삼 깨달았다. 사대호법. 교주의 옆을 지키는 최측근이라고 하더라도 소교주의 명령에 복종해야 하는 것이다.

마현은 진소향에게서 시선을 떼고 흑수에게 시선을 돌렸다.

"단흑수, 네놈도 마찬가지다. 목숨이 아깝다는 녀석이 도발해서 자신을 죽이게 만들려고 하다니. 무슨 생각이지?"

흑수답지 않은 짓이었다. 흑수는 익살스럽게 웃으며 물었다.

"다 듣고 있었어?"

"멀리서도 아주 잘 들리더군."

"사실 네가 이곳으로 오고 있는 거 알고 한 일이야. 원래 이렇게까지 할 생각은 없었는데 뺨을 맞은 게 좀 억울하더라고."

흑수가 실실 웃었다. 그 말에 머리를 조아리고 있던 진소향의 얼굴이 종잇장처럼 구겨졌다.

'이놈이 감히 날……!'

진소향은 자신이 흑수의 손에 놀아났다는 걸 깨닫고 치

를 떨었다. 마현이 살짝 피식 웃었다. 대충 그럴 것이라고 생각하기는 했으나 노골적으로 그리 대답하니 웃음이 새어 나올 수밖에 없었다.

"다음부터는 소란을 일으키지 말도록. 서로 잘못하였으니 오늘 일은 못 본 걸로 하겠다."

"황송하옵니다!"

"고맙다."

누구는 격식을 높게 차리고, 누구는 친구 대하듯 대답하고. 참으로 대조적인 일이 아닐 수 없었다.

"일어나도록."

그 말에 진소향과 소미연이 일어났다.

"이만 해산하라."

"명을 받들겠사옵니다, 소교주님!"

진소향이 마지막까지 예를 갖추면서 흑수를 노려보았다. 흑수는 약 올리듯 웃어 보이며 몸을 돌려 마현의 뒤를 따랐다. 소미연은 진소향의 눈치를 보다가 고개를 숙여 인사하고는 흑수의 뒤를 따라갔다.

그녀는 이를 으득 갈며 흑수를 매섭게 노려보았다. 흑수는 진소향의 따끔한 시선을 받고 있다는 것을 알 수 있었다. 그러나 남자는 등으로 말하는 법. 그는 결코 뒤돌아보지 않았다. 결국 그녀의 시선이 닿지 않는 곳까지 따라 나온 흑수. 그가 아직도 얼얼한 뺨을 매만졌다.

"아오, 빌어먹을 년. 뺨 부어올랐잖아. 존나 세게 때리
네. 나중에 풀려 나기만 해 봐라. 풀리자마자 가장 먼저 드
롭킥을 날려 줄 테다."

"……?"

마현은 그가 한국말로 한 까닭에 무슨 말을 하는지 전혀
알아들을 수 없었다. 다만 그가 조선에서 건너왔다는 정보
와 가끔 알 수 없는 언어를 말하기도 한다는 것을 알고 있
기에 이번에도 조선말로 욕한 것이라 짐작할 뿐이었다.

제5장
역천(逆天)

　마현을 따라 이동한 곳은 외부의 주루였다. 흑수는 주루
안으로 들어서자 의아한 시선으로 마현을 바라본다. 그는
술을 시키고, 실실 웃고 있었다. 그의 외모는 달라져 있었
다. 인피면구를 착용한 마현.

　자세히 살펴보면 골격과 얼굴이 미묘하게 다르다는 걸
알 수 있었지만, 그것을 눈치챌 만한 자는 이곳에 없었다.
아마 마현이 변장을 한 것은 소교주라는 자신의 신분 때문
일 것이다. 그러나 굳이 술을 마시러 외부로 나온 이유를
알지 못했다.

　마현은 조용한 곳에 자리를 잡아 그와 단둘이 앉았다.

호위도 끌고 오지 않고, 따라온 소미연은 멀찍한 곳에서 가만히 대기하고 있었다.

마현은 그의 술잔에 술을 따라 주었다. 그리고 자신의 술잔에 술을 받았다.

"의외인가?"

"상당히. 굳이 밖으로 나온 이유도 모르겠고."

흑수는 긍정하며 고개를 주억였다. 할 말이 있다고 하고서 온 곳이 이곳이니 당연히 의외일 수밖에 없는 것이다. 원한다면 내부 어디에서든 마실 수 있을 텐데 말이다.

"별것 없다. 그냥 술 생각이 좀 났는데 마침 널 발견했을 뿐이니까."

당연하지만 흑수는 이곳에 오고서 술을 입에 대지도 못했다. 술을 가지고 오라고 할 생각도 안 들었고, 그럴 입장도 아니기 때문이다. 얼굴에 철판을 깔아도 포로인 입장은 변함이 없었다. 술 달라고 해서 욕이나 바가지로 안 먹으면 다행일 것이다.

"안에서는 술도 마시지 못했을 터인데 여기서는 마음껏 마셔라. 돈은 내가 낼 터이니 걱정하지 말고."

딱 봐도 꽤 고급스러운 주루다. 마현쯤 되는 사람이 돈 걱정이나 하겠는가.

'뭐, 독은 안 탔겠지.'

독살하려고 했으면 굳이 이곳까지 불러내지도 않았을 것이다. 애초에 이곳으로 데리고 오기 전에 식사를 할 때 음식에 독을 탔을 것이다. 흑수는 망설이지 않고 술잔을 기울였다.

"크, 엄청 독하네."

지금까지 마셔 본 술 중 가장 독했다. 속에서 타들어 가는 듯한 화끈함이 느껴졌다.

"호쾌하군."

마현이 마음에 든다는 듯 미소를 지었다. 마음대로 마시라는 듯 술 항아리를 그의 앞에 하나 더 놓았다.

"어때, 이곳은 지낼 만한가?"

"덕분에. 불편한 점이라고 하면 천주각에서 듣는 그 빌어먹을 교리와 늘 팔에 걸고 사는 구속구뿐이지. 지금 나 고문하는 거지?"

흑수가 자신의 팔을 들어 올려 구속구를 보여 주었다. 마현이 가학적인 미소를 지었다.

"들을 만하지 않던가?"

"들을 만하냐고? 그거 제정신으로 하는 소리냐? 사람 세뇌시키려고 하지 마라. 며칠 지나도 흘려들을 거니까."

마현이 크게 웃었다. 사람이 적은 자리에 앉다 보니 그는 마음껏 웃을 수 있었다.

"그래, 너라면 소용이 없을 거라 생각하기는 했다. 얼마 전의 반푼이었어도 소용없었겠지. 하지만 그 시간에 아무 것도 안 하는 것도 그럴 텐데? 대장간이라도 가는 건 어떠냐?"

"바보 같은 놈. 그 어쭙잖은 술수가 통할 것 같아? 간다 고 해도 안 만들 거다."

"그래? 벌써부터 우릴 돕겠다고 생각하지는 않아서 별 로 기대도 안 했다."

마현은 마치 상관없다는 듯 그리 말했다. 흑수는 마현이 정말 자신을 이용하려고 데리고 온 것이 맞나 의구심이 들 었다. 마치 그는 흑수가 어떻게 행동하든 상관없다는 태도 를 보였기 때문이다. 그러나 흑수는 그 의도를 묻지 않았 다. 마현은 흑수가 물어도 답을 스스로 생각해 보라고 할 것 같았다.

"후우, 집에 가고 싶어 죽겠네."

흑수가 고개를 저으며 한숨을 내쉬었다. 집에 나온 지 도대체 얼마나 된 건지…… 고즈넉하지만 활기가 넘치던 구포현으로 돌아가고 싶은 심정이었다.

"생활하는 데 불편한 점은 없을 텐데?"

그 말대로다. 생활하는 데 불편함은 없다. 다만 하루 세 시진 이상 교리를 듣는 것은 지루하기 짝이 없었다. 그저 멍하니 한 귀로 듣고, 한 귀로 흘려듣는 시간이라서 시간이 더 안 가는 듯했다. 구속구는 옷을 갈아입을 때가 문제다.

옷을 갈아입을 때는 소미연이 가지고 있는 열쇠로 한쪽을 풀어 주어 갈아입을 수 있었다. 몰래 열쇠를 훔쳐서 전부 풀려고 시도도 해 봤지만, 열쇠가 다른 건지 풀어지지 않았다. 결국 이 꼴로 계속 있어야 했다.

그는 한풀이하듯 술과 함께 나온 안주를 입 안으로 집어넣었다.

"여기가 내 집이냐. 집만큼 편한 곳이 어디 있다고. 어휴, 집 나오면 개고생이라더니. 내가 어쩌다 강호와 엮여서 이런 꼴이 된 건지."

흑수는 강호와 엮인 걸 엄청 후회하고 있었다. 이렇게 될 줄 알았다면 몸을 사렸을 텐데, 너무 깊이 엮여 버렸다.

'용봉 비무 대회에 가지만 않았어도 이러지는 않았겠지.'

곰곰이 생각해 보니 그때부터 자신의 인생이 이렇게 된 것 같다. 그때 용봉 비무 대회에 가지 않았더라면 이렇게 고생할 일도 없이 조용히 구포현에서 생활하고 있었을 것이다.

'할아버지. 정말 강호는 엮일 곳이 아니었네요. 말 안

들어서 죄송해요.'

흑수는 깊은 한숨을 내쉬며 단천수를 생각했다. 단천수
가 보았던 강호도 이런 꼴이었을까. 강호는 정말 자신과
맞지 않은 곳인 것 같았다. 좀 강해졌다고 자신감이 생겨
서 여기저기 끼어들었던 것도 이렇게 된 것에 크게 한몫을
했다.

'잠깐. 강호와 안 엮였으면 백 매랑 엮일 일도 없었으려
나?'

그럼 이게 좋은 건지 나쁜 건지 모르겠다. 흑수는 복잡
한 심경으로 곰곰이 생각했다. 그러나 곧 고개를 저었다.
어차피 일은 벌어졌고, 마교의 본산에 끌려온 것을······.

"그녀와 생활하는 데 아무렇지 않나?"

안주와 술을 동시에 입에 집어넣으며 식사하고 있던 흑
수에게 마현이 갑자기 그리 물어 왔다. 마현은 흘깃 멀찍
이 떨어져 대기하고 있는 소미연을 턱으로 가리켰다. 흑수
는 기가 찬 표정으로 그를 응시했다.

"미인계로 날 유혹하려고 했다면 사람 잘못 뽑았다."

"음?"

"자기 할 일만 똑 부러지게 하고, 날 선 눈빛으로 날 바
라보는데 통하겠냐?"

애초에 자신에게 잘해 준다고 해도 넘어갈 생각은 추호

도 없었다.

"호오?"

그의 반응을 보고 이상함을 느낀 흑수는 미인계의 의도로 물어본 것이 아니었던 건가, 하는 생각이 들었다.

"뭐야, 그녀가 아직도 말하지 않은 건가? 이건 이것대로 재밌는 상황인걸?"

마현은 혼잣말을 하며 무슨 생각을 하는지 킥킥 웃었다. 흑수는 그가 무슨 의도로 이러는 건지 좀처럼 감을 잡지 못했다.

'그러고 보니 그 빌어먹을 년도 무슨 말을 하기는 했는데…….'

어느새 흑수에게 진소향은 빌어먹을 년이라는 인식으로 자리 잡혀 버렸다. 이름은 기억도 안 하고 있었다.

그러나 그녀가 했던 말은 어느 정도 기억이 났다. 자세한 것을 말해 주지 않으니 모른다. 소미연과 자신과 무슨 인과관계가 있는 것인가. 아무리 생각해도 딱히 짚이는 점은 없었다.

"뭐, 어쨌든 서로 나름대로 잘 지내고 있는 것 같군."

서로의 영역을 침범하지도 않으니 잘 지내고 있다면 잘 지내고 있는 것이다.

"한 가지 물어보지. 넌 날 어떻게 생각하지?"

"갑자기 그런 질문을 하는 의도를 모르겠는데?"

"그냥 궁금해졌을 뿐이다. 솔직히 말해 교도들에게 물어도 감언이설밖에 안 되거든."

"잘 알고 있네. 자신을 평가하는 건 교도들의 몫이라는 말과 다르게 말야."

"그걸 기억하고 있었군. 하지만 지금 내가 말하는 것은 소교주라는 존재가 아닌 마현이라는 인간에 대한 궁금증이다. 소교주의 자질에 대한 생각은 여전하다."

"본인 얼굴에 금칠도 당당히 하네. 나 스스로 그렇게 생각해도 대놓고 금칠은 못 하겠다."

마현이 피식 웃으며 술잔을 들어 한 모금 음미한다. 그리고 가만히 흑수에게 시선을 향한다. 대답을 기다리는 것 같았다.

"넌 강해."

"당연하다."

"……사람 얘기하는데 자기 얼굴에 그만 금칠하지?"

더는 못 들어 주겠다는 듯 그가 인상을 찌푸리자 마현이 킥킥 웃었다.

"솔직히 난 네 나이를 몰라. 하지만 또래라는 것만큼은 알지."

"올해 스물넷이다만?"

"······나보다 어렸냐?"

정신연령이라면 흑수가 더 높지만, 육체적인 나이라면 고작 한두 살 차이다. 마현의 나이를 듣고 상당히 놀랐다.

"형이라고 불러 줄까?"

"됐다."

그렇게 불리고 싶지도 않았다. 그가 형이라 부르면 나중에 이 사실이 무림맹의 귀에 들어갔을 때 큰 사달이 날 수 있기 때문이다. 마교도들에게 넘어간 것이 아니냐며 끝없는 추궁을 할지도 모른다. 그것을 해명할 방도도 없게 된다. 그렇게 되면 자신과 엮인 모든 인연들이 마교도로 몰릴지 몰랐다.

'그럼 내가 진짜 설 곳이 없어지지.'

어쩌면 어쩔 수 없이 마교의 편에 서야 할지도 모른다. 그가 이를 의도한 것이면 먼 앞을 내다보고 한 것이리라. 의도한 것이 아니면 자신의 생각이 너무 앞서갔던 것이리라.

"너와 만난 것도 그렇게 오래되지 않았고, 너에 대해 하나부터 열까지 전부 보지 않아서 몰라. 그런데 넌 정말 보면 볼수록 모르겠단 말이지."

"호오?"

그렇게 생각하고 있을 줄은 몰랐다는 듯 마현이 호기심

어린 표정으로 그를 바라본다.

"무슨 생각을 하는지도 모르겠고, 숨기는 것도 많고. 도무지 파악하지 못하겠다. 어지간한 사람들은 며칠 지나면 파악했는데, 넌 당최 종잡기도 힘들더라고. 다만 확실한 건 제멋대로 일을 벌이고 생각한 대로 하는 것 같다는 것 정도다."

"맞다. 중요한 일을 제외하고서는 대부분이 그러지. 전부 파악하지는 못했더라도 생각보다 사람을 보는 눈이 밝군."

"오래 살다 보니 대충 눈에 보이더라고."

마현이 그의 말에 피식 웃었다. 살아 봤자 자신보다 한두 살 더 나이 먹은 것 가지고 생색이라니. 어찌 웃지 않을 수 있을까.

사실 흑수의 정신연령은 전생과 현생을 합쳐 이미 마흔 가까이 되었다. 전부 깨우치지는 못했어도 사람을 구별하고 파악하는 정도의 정신은 깨어 있는 것이다.

"그런 면은 누구나 다 있는 거라고 생각해."

"누구나 다 있다?"

"그래. 나도 가끔은 즉흥적으로 하고, 마음대로 하거든. 아마 사람이라면 다 그럴걸?"

'나 같은 경우에는 가끔…… 분위기에 떠밀려 하기 싫

은 일을 하기도 하지만 말이야.'

그 뒷말은 하지 않은 채 흑수가 대답을 잠시 끊었다. 분
위기에 쉽게 휘말리지 않았다면 정마대전에 참전하지도
않았을 것이다. 깔끔히 무시하고 구포현에서 조용히 지내
거나, 일이 마무리될 때까지 신녀문에서 가만히 있었으리
라.

'가만, 이렇게 생각해 보니…… 나 혹시 분위기만 마련
되면 이용해 먹기 쉬운 성격인가?'

스스로 말하고 스스로 깨우치게 된 흑수. 흑수는 마현에
대해 얘기하다가 어느새 자신에 대한 고찰을 하게 됐다.

"어쨌든 내가 생각하는 넌 파고들면 파고들수록 더 모
를 놈이라는 거다."

"하하핫!"

탕! 탕!

마현이 재밌다는 듯 탁상을 손바닥으로 치며 크게 웃었
다. 항아리에 든 술이 출렁 흔들리며 물결이 일어났다.

"그런가? 인간 마현은 그런 존재인가? 그렇군. 재밌는
대답이었다. 만족스러웠어. 네가 아니면 절대 듣지 못할
얘기였다."

"……."

그를 비하한 것 같은데 좋아하니 흑수는 기가 막힌 표정

으로 그를 바라보았다. 그러나 마현은 아랑곳않고 한동안
더 웃었다.

"하나 더 물어보지."

"뭔데?"

"그럼 내가 즉흥적으로 뭔가를 해도 인간인 이상 어쩔
수 없다 이거로군?"

의도를 알 수 없는 실없는 질문에. 흑수는 실없는 대답
을 했다. 흑수는 뭘 당연한 질문을 하냐는 듯 대답했다.

"뭐, 그렇지? 어차피 실수를 해도 전부 본인의 몫이니
까."

이때 흑수는 아무 생각 없이 이 말을 하지 말았어야 했
다. 이것이 마현의 생각을 정리해 주게 되는 질문이었다는
것을 알았더라면 그는 이때 아무 말도 안 했을 것이다.

"그렇군. 어쩔 수 없다. 실수를 해도 내 몫이다. 이거로
군."

마현은 싹 웃으며 자리에서 일어났다.

"먼저 자리에서 일어나겠다. 술값은 부족하지 않게 내
고 갈 터이니 마음껏 먹고 들어와라."

"기회 봐서 도망칠 거다."

마현은 피식 웃으며 뭘 하든 신경 쓰지 않겠다는 듯 보
였다. 어차피 내공도 마음껏 쓰지 못하는 상황에서 빠져나

갈 수도 없으니까.

그는 출구로 향했다. 출구 쪽에 있던 소미연은 그가 옆을 지나갈 때 고개를 숙였다. 마현은 그녀에게 조용히 말했다.

"혹시 모르니 그가 다른 곳으로 새지 않도록 그를 거처까지 데리고 와야 할 것이다"

"예, 소교주님."

"그리고 그에게 오늘 정말 고마운 말을 들었다. 내 고민을 한 번에 해결해 주었다."

"그렇습니까?"

"그에게 뭔가를 해 주고 싶은데, 생각나는 것이 밤에 시종을 보내는 것 외에는 없구나. 시종은 몇이나 있느냐?"

천향각에 있는 시종들 중에는 밤 시중을 들기 위해 있는 시종들도 몇 명 있었다. 그는 나름대로 흑수에게 고마움을 표하기 위해 밤에 시중을 들 시종을 보내려고 하는 것이다.

"오늘 비번인 시종은 없는 것으로 알고 있사옵니다."

"그래? 그럼 어쩔 수 없지. 네가 그의 밤 시중을 들어라."

"……!"

생각지도 못한 말에 소미연이 놀랐다. 자신도 모르게 고개를 쳐든 소미연. 그녀는 그럴 수 없다는 듯 거부의 의사를 표하려고 했지만, 그럴 수 없었다. 어디 감히 소교주의 명령을 거부할 수 있겠는가!

"대답은?"

소교주가 낮게 읊조린다. 소미연이 이를 악물었었다.

"……분부를 받들겠사……옵니다."

"좋아."

마현이 만족스럽다는 듯 웃으며 그녀의 어깨를 두드렸다. 격려해 주는 듯 보였지만, 그의 표정을 보면 절대 그런 생각이 들 수 없었다.

'내 즉흥적으로 해도 다 내 몫이다? 어렵지 않지. 난 그 전부를 감당할 수 있다. 난 소교주니까! 아니, 난 마현이니까!'

어딘가 어긋난 생각이 자리를 잡고 말았다.

'앞으로 더 재밌는 일이 많이 벌어지겠어.'

어느새 마현의 얼굴에는 광기 어린 미소가 드리워져 있었다.

*　　*　　*

흑수는 자시(子時, 23:00~01:00)쯤 되어서야 거처로 돌아올 수 있었다. 오랜만에 술과 고기로 포식한 흑수는 빵빵해진 배를 부여잡은 채 침대 위에 누웠다. 얼마나 많이 먹었는지 아직도 배가 꺼지지 않았다. 오히려 너무 배가 불러 잠도 안 오는 상황이었다.

"명장님, 잠시 실례하겠습니다."

밖에서 소미연의 목소리가 들려왔다. 그의 허락이 떨어지기도 전에 그녀가 방 안으로 들어왔다.

평소와 다를 바 없는 표정으로 방 안으로 들어온 소미연. 야심한 시각에 방 안으로 들어오는 경우는 처음인 것 같았다. 잊고 있던 사항을 알려 주려는 것인가 싶었다. 그러나 그녀는 방 안으로 들어오더니 의자를 끌어 그곳에 앉았다.

"……?"

방으로 온 연유를 모르겠다는 듯 그녀를 바라본다. 소미연은 흑수와 눈도 마주치지 않고는 심호흡을 하기 시작한다. 진정이 안 되는지 한참을 그렇게 있다가 곧 항상 소지하고 있는 비파를 뜯기 시작했다.

띠리링—

곱고 낭창하게 울려 퍼지는 비파 소리. 그런데 어째서인지 오늘따라 그녀의 비파 소리는 상당히 떨리는 것 같았다. 연주에 집중하지 못하고 있는 것이 느껴졌다. 흘깃 그녀를 바라보니 평소와 다를 바 없는 표정이나, 현을 뜯고 있는 손끝이 떨리고 있는 것이 보였다.

"뭣 때문에 온 거예요?"

흑수는 그녀가 자신의 방에 계속 있는 연유를 모르겠다는 듯이 물었다. 평소에 그의 방에 오래 머물지도 않는 소미연. 그런 그녀가 계속 나가지 않고 가만히 비파나 연주하며 안에 틀어박혀 있으니 의아한 것이다.

"소교주님의 명으로 오게 되었습니다."

"그러니까 무엇 때문에요?"

흑수의 재촉에 소미연이 깊은 한숨을 내쉬더니 자리에서 일어났다. 그리고 그녀가 스스로 자신의 옷고름을 풀었다. 흑수의 눈이 화등잔만 해졌다. 그가 벌떡 일어나 그녀의 팔목을 붙잡았다. 벗다 만 그녀의 옷이 반쯤 흘러내렸다.

"지금 뭐하는 거죠?"

"오늘 명장님의 밤 시중을 맡게 되었습니다."

"밤 시중?"

흑수의 눈살이 찌푸려졌다.

"소교주님께서 감사하다며 밤 시중을 제게 들라 하셨습니다."

"필요 없습니다. 저는 이런 걸 원하지 않으니까요."

흑수가 그녀의 옷고름을 다시 동여맸다. 밤 시중은 필요 없었다. 딱히 생각이 들지도 않는다.

"왜 거부하시는지요?"

"서로 원하지 않잖아요."

흑수는 당연한 말을 했다. 흑수는 별로 누군가와 함께 자고 싶은 생각이 없었다. 특히 마교도과 함께라면 더더욱 말이다.

마교도가 아니더라도 그는 다른 여인과 자고 싶은 생각도 없었다. 백화령을 배신하는 것 같은 기분도 있지만, 스스로 원하지 않기 때문이다. 자신에게 마음을 주고 있는 종리연이나 소소라면 또 모를까……

"그렇습니까? 하지만 서로 원하지 않더라도, 싫다고 하더라도 저는 해야만 합니다."

"어째서죠?"

"이대로 제가 나가게 되면 내일부터 누구도 볼 수 없게 되기 때문입니다."

의미심장한 말에 흑수의 미간이 구겨졌다. 이건 또 무슨 말인가? 누가 봐도 죽음에 대해 말하는 것으로 들렸다.

"그건 또 무슨 소리죠?"

"소교주님의 명령을 받들지 못한 죄로 처형될 테니까요."

흑수는 기가 찬 표정이었다. 소교주의 명령을 받들지 못해 처형되다니. 자신이 거부할 거란 상상은 못 한 것인가?

"제가 거부했다고 하면 되잖아요."

"사정을 잘 말씀드린다면 기회는 주시겠지요."

그럼 된 것 아니냐고, 말을 자르려고 했지만, 곧 그녀의 이어지는 말에 다시 침묵해야 했다.

"제 스스로 목숨을 끊어 결코 제 의지로 거부한 게 아니라는 걸 증명하는 동시에 충성심을 보이는 기회를요."

"……허!"

기가 차서 말이 안 나올 지경이다. 교주 다음으로 직위가 높은 것이 소교주. 당연히 그 명령의 힘도 만만치 않을 것이라고 짐작했다. 그러나 그것을 제대로 받들지 못했다는 이유로 어떤 식으로든 죽어야 한다니. 엄청난 부조리에 흑수는 할 말을 잃어버렸다. 마교에서 지내게 된 지 며칠이 됐지만 그가 상상도 못 한 법이 있다는 것에 경악할 따름이다.

'그녀가 죽든 말든 내가 관여할 바는 아니야.'

마교도가 죽든 말든 무슨 상관이람. 오히려 마교도 한 명이 사라지는 것은 흑수에게 환영할 일이다.

'하지만 이 부조리함에 희생될 것을 생각하니 좀 불쌍하기도 하네.'

하다 하다 마교도를 동정하게 되는 날이 올 줄이야. 마교 본거지에서 생활하다 보니 이곳도 사람이 사는 곳이라는 걸 알 수 있었다. 이곳에 오기 전이었다면 그러거나 말거나 관여하지 않고 죽음으로 내몰았을 수도 있었다.

'동정하면 안 되는 건 알지만, 이게 내 마음대로 되나.'

흑수가 한숨을 푹 내쉬더니 그녀의 팔목을 놔주었다.

"좋아요, 밤 시중을 드세요."

"……감사합니다."

'싫어해야 하는데 감사를 해야 하는 아이러니한 상황이네.'

기가 막혀서 웃음조차 나오지 않는 상황이다. 흑수는 평소대로 침대에 몸을 뉘었다. 소미연은 그가 침대에 눕자 옷고름을 마저 풀면서 옷을 벗기 시작했다. 그렇게 얼마나 벗었을까. 속이 비치는 얇은 천만 남았을 때, 그의 목소리가 들려왔다.

"그만."

흑수의 말에 그녀의 몸이 딱 정지했다. 마저 다 벗으려고 하는 찰나에 한 말이라 그녀가 의아한 시선으로 그를 바라보았다.

"비파를 드세요."

"예?"

"아무 말 마시고요."

소미연은 흑수가 무슨 의도로 이러는 것인지 모르겠다는 표정을 지으면서 그의 말에 따랐다. 흑수가 손가락으로 의자를 가리켰다.

"거기에 앉으세요. 그리고 제가 잠들 때까지 연주하세요."

"예?"

"이러면 밤 시중은 든 거죠? 밤 시중이 꼭 남녀가 정사를 벌이는 것만은 아닐 테니까."

소미연이 멍한 표정으로 그를 바라본다. 그러다가 피식 웃었다. 상상도 못 한 방법이었다. 그래, 이것도 밤 시중이라면 밤 시중이었다. 누구도 이것이 밤 시중을 안 들었다고는 할 수 없을 것이다.

"신기한 사람이로군요."

"고리타분하고, 고지식한 사람이라고 생각하세요. 이불은 장롱 안에 있으니 거기서 꺼내어 깔고 자면 될 겁니다."

"알겠습니다."

그녀의 얼굴에 미소가 드리워졌다. 그녀를 보고 처음 보는 미소였다. 그녀가 의자에 앉아 비파를 연주하기 시작했다. 비파 소리는 처음 들어왔을 때와 달리 떨림이 사라진 채 아름다운 곡조를 이루었다. 흑수는 그 아름다운 선율에 천천히 단잠에 빠져들었다.

*   *   *

얼마나 비파를 연주했을까. 소미연이 비파에서 손을 떼고 탁상에 조심스럽게 내려놓는다. 침대에 누워 단잠에 빠져든 흑수를 바라보았다. 그는 조용히 숨을 쉬면서 잠에 빠져 있었다. 곤히 자고 있는 그 모습에 소미연이 묵묵히 그를 바라보았다.

"……."

그녀는 그의 자는 모습을 관찰한다. 확실히 단잠에 빠져든 것 같았다. 무방비한 그의 모습. 소미연은 자신의 품속에 손을 넣었다. 그녀의 손에 무언가가 잡혔다. 그것은 바로 단도였다.

'정말 아무런 대비도 않고 자고 있어.'

적진에 끌려와 저렇게 무방비한 모습으로 잠을 취하다니. 너무나도 태평한 모습을 보면 기가 찰 노릇이다. 제아무리 대우를 해 준다고 해도 적의 본거지에서 이렇게 태평하기도 힘들 것이다. 그녀가 단도를 계속 만지며 어떻게 할지 고민에 빠졌다.

'기회는 지금뿐이야.'

스윽—

그녀가 마음을 다잡은 듯 결국 단도를 꺼냈다. 자리에 천천히 일어난 소미연이 조용히 그의 앞에 서며 팔을 들어 올린다. 그의 급소를 겨냥했다. 이제 단도를 힘껏 찌르기만 하면 될 일. 그녀의 모든 감각이 그의 급소에 향해 있었다. 이대로 찌르면 그도 치명상을 입을 게 분명하다. 하지만 그녀는 단도를 들고 있기만 할 뿐, 찌르는 경우는 없었다.

'아니야.'

그녀가 곧 손에 들고 있던 단도를 다시 내려놓으며 생각을 정리했다. 그래, 이럴 필요는 없다.

'개인적인 원한은 잠시 잊기로 하지 않았던가. 난 지금 소교주님의 명을 받들고 있는 입장이다.'

자신의 주제를 다시 생각한 그녀는 단도를 품속에 집어넣었다. 자신의 어리석은 행동으로 소교주의 명령을 거스를 수는 없지 않은가. 그녀는 흘러내린 머리를 쓸어올리며 결국 방 밖으로 나갔다.

흑수가 거처하는 방에 조용한 침묵이 감돌았다.

"잘 생각했네."

흑수가 자리에서 천천히 일어났다. 그는 비파 소리가 끝날 때 이미 잠에서 깨어난 상황이다. 단도를 꺼낸 것도 알고 있었다. 거기에 하나 더. 그녀 스스로 인지하지 못한 것 같지만 살기가 이 공간 가득 메우고 있었다. 잠에 빠져 있다고 하더라도 흑수라면 자신의 몸에 단도가 닿기도 전에 제압할 수 있었다. 내공이 제한되었다 하더라도 그 실력이 어디 간 것은 아니니까.

"근데 나한테 저렇게 대하는 이유가 뭐지? 마교를 적대시했던 사람이었다는 것만으로 저럴 것 같지는 않은데……."

고민은 깊지만 그녀가 직접 말해 줄 때까지는 전부 추측일 뿐이다. 흑수는 생각하지 말자고 생각했다. 어차피 알아낼 방도도 없고, 딱히 개의치도 않으니까. 그는 다시 침대에 몸을 뉘이며 잠을 청했다.

*　　　*　　　*

한편 그 시각. 사대호법 중 한 명인 차유열은 호롱불을 켠 채 보고서를 들여다보고 있었다. 정마대전의 현황이 어떻게 진행되고 있는지 꾸준히 보고서를 보는 것이다. 이것은 내일 교주에게 보고될 사항들이기도 했다. 아무래도 진행하고 있는 일이 많다 보니 교주 혼자서 다 처리하지 못하는 까닭에 그 일부를 차유열이 하는 것이다.

"혈사마인(血思魔人). 안에 있는가?"

밖에서 젊은이의 목소리가 들려왔다. 귀에 익은 목소리에 차유열의 눈이 화등잔만 해지며 문을 열었다.

"소교주님께서 이런 야심한 밤 어인 일이시옵니까?"

"그대를 보려고 왔네."

사람을 보내도 되건만 그가 직접 찾아오니 놀라지 않을수 없었다. 차유열은 황급히 그를 안으로 들였다.

"시종에게 차를 내오라고 하겠사옵니다."

"차 대신 간단하게 먹을 것을 내오라고 이르라."

"알겠사옵니다."

차유열은 시종을 불러 찬거리를 내오라고 말한 뒤, 다시돌아와 마현의 맞은편에 앉았다. 마현이 이런 야심한 밤에찾아오는 경우는 손가락에 꼽는 일이었다. 주로 중요한 일이 있을 때 찾아오고는 하는데, 분위기를 봐서도 딱 그래보였다.

"최근 많이 바쁜 것 같은데. 힘들지 않나?"

"본 교를 위해서 하는 일이라면 전혀 힘들지 않사옵니다. 게다가 교주님과 소교주님. 그리고 본 교의 대업을 위해 직접 전투에 나서고 있는 교도들이 더 힘들지 않겠사옵니까."

"그대도 본 교를 위해 열심히해 주고 있어. 그대가 그 누구보다 고생한다는 것은 누구도 부정하지 못하지."

"그리 말씀해 주시니 감읍할 따름이옵니다."

"내 그래서 자네를 위해 변변치 않지만 술을 가지고 왔네."

그가 술 항아리를 꺼내 그 앞에 내려놓았다. 그가 뚜껑을 여니 달콤하고 그윽한 향기가 코를 찌른다.

"이것은 설마……!"

고작 술 향기뿐이지만, 차유열은 이것이 무엇인지 눈치챈 듯싶었다.

"서봉주네. 섬서성에 가서 마침 이게 보이더군. 자네가 생각나서 하나 사 왔네. 자네가 마셔 보지 못한 술 중 하나라지? 도착해서 바로 줄 생각이었는데 그간 깜빡하고 인제 주는군."

평소 애주가인 차유열이지만 천하의 십팔대명주(十八大名酒) 중 유일하게 마셔 보지 못한 것이 서봉주였다. 워낙 고가인 데다 구하기 쉽지 않아 돈이 있어도 마시지 못할 때가 허다한 명주 중 하나였다.

"허, 허허. 소마를 위해 이런 귀한 명주를 구해 주시니 황송하옵니다, 소교주님."

때마침 시종이 안으로 조심스럽게 들어오며 탁상 위에 음식을 내왔다. 그리고 모든 음식을 내려놓았을 때, 곧 시종과 마현의 눈이 마주쳤다. 시종의 두 눈이 휘둥그레졌다. 설마 이 시각에 마현이 이곳에 있을 줄 몰랐기 때문이다.

"어허. 소교주님을 똑바로 보다니! 제정신이더냐!"

차유열이 시종에게 버럭 화를 냈다. 시종이 오들오들 떨며 바짝 엎드렸으나 흉흉한 기운이 감돌았다. 그러나 마현은 곧 그를 제지했다.

"괜찮다. 그를 꾸중하지 말고 용서하거라."

"허나……."

"누구나 실수를 하기 마련이다."

"그렇……습니까?"

어째 오늘 마현의 분위기가 확실히 다른 것 같았다. 차유열이 아는 마현은 결코 이런 것을 그냥 넘어갈 위인이 아니었기 때문이다.

남이 알아서 하도록 놔두는 것이 그가 아는 평소 마현의 행동이었다. 그러나 지금은 오히려 제지하며 그를 용서하라고 말하고 있다.

'소교주님께서 무슨 일이 있으셨구나.'

그렇게 생각할 수밖에 없었다. 원래 기행을 많이 펼친 사람이다. 남의 일에 참견하는 경우도 있었다. 그러나 그 기행과 남의 일에 참견하는 것에는 공통점이 있었다. 바로 자신의 재미를 위한 일이다.

평소 듣고 본 것이 많아 그다지 신기할 것도 없는 일이다. 이것도 그 일환인가 하고 생각했지만 그런 분위기가 풍기지도 않았다. 마현은 시종을 그냥 돌려보내고는 차유열의 술잔에 술을 채워 주었다.

마현이 술잔을 들고, 차유열도 조심스럽게 술잔을 들어 곧 술잔을 비웠다.

"과연 천하의 명주입니다. 달콤하면서 부드럽게 넘어가옵니다. 향기는 금방 사라지는 게 아쉽지만 그 나름대로의 풍취가 있는 것 같사옵니다."

애주가인 그는 서봉주의 맛에 또 취했다. 술마다 맛이 다르기는 하지만, 그는 처음 마셔 보는 서봉주에 극찬을 아끼지 않았다. 마현은 미소를 그리며 그의 말에 경청했다. 애주가 정도는 아니지만 술을 싫어하지는 않는 마현.

게다가 차유열은 애주가인 만큼 술을 깊이 이해하고 있었다. 오죽하면 마천악이 어떤 술이 맛있는지 궁금해서 물어보면 그가 마천악의 입맛을 고려해 조언을 해 줄 정도였다. 마현도 그의 얘기가 싫지는 않기에 잠자코 들어 주며 호응해 주었다.

"혈사마인."

"예, 소교주님."

분위기가 갑자기 바뀐 느낌이었다. 그의 얼굴에는 미소보다 진지함이 가득했다. 지금까지는 그저 긴장을 풀어 주기 위함이고, 이렇게 직접 찾아온 목적은 따로 있다는 걸 깨달았다. 차유열이 들고 있던 술잔을 내려놓으며 경청했다.

"경청하겠사옵니다."

"그대는 내 아버지를 어찌 생각하느냐."

"지존의 하늘과 같이 거대한 그릇을 한낱 소마가 어찌 헤아릴 수 있겠나이까."

"그런 듣기 좋은 말을 묻는 것이 아니다. 내 아버지. 그러니까 마천악이라는 인간 자체에 대한 평가를 듣고 싶구나."

"가, 감히 소마가 어찌 지존을 평가할 수 있겠사옵니까!"

차유열이 화들짝 놀랐다. 감히 교주를 어떻게 평가하겠는가.

게다가 마교도들의 입장에서 교주는 하늘이나 다름이 없었다. 인간으로서 평가한다는 것이 말도 안 되는 일이다.

"역시 질문을 피하는군. 그럼 질문을 바꿔 하지. 그럼 그대는 날 어떻게 생각하는가? 소교주라는 직위를 떠나 입에 발린 말이 아닌 그대가 생각하는 마현에 대해 듣고 싶구나."

"소교주님께서 이를 묻는 의중을 소마는 이해하지 못하 겠나이다."

어째서 이런 질문을 하는 것인가. 아무리 생각해도 전혀 알 수 없었다. 그의 눈빛을 봐도 그 의미를 종잡기 힘들었 다. 어릴 적부터 종잡을 수 없는 사람이기는 했으나 지금 은 더더욱 알 수 없었다.

"그대는 아버지의 생각인 강호 일통에만 만족하려는 것 인가? 본 교의 진정한 대업이 무엇이냐."

천마신교의 진정한 대업. 그것은 천하를 무너뜨리는 것, 다시 말해 대명 제국을 무너뜨리는 것이다. 과거 주원장이 자신들을 마교라 배척하며 학살을 자행했으며 그것을 피 해 천산으로 달아나야 했다.

그 원한은 오래전부터 지금까지 전해져 오고 있었다. 오 래전 일이라고 해도 천마신교에게 있어서 결코 잊을 수 없 는 일이다. 그때부터 천마신교의 대업은 대명 제국을 무너 뜨리는 것이 되었다.

"허나, 소교주님. 교주님께서는 대명 제국의 멸망보다 강호를 먼저 얻기를 바라십니다. 그 뒤를 이어 소교주님께 서 대명 제국을 무너뜨릴 생각 아니십니까?"

"맞다. 허나 아버지께서 언제 내게 자리를 물려주실 줄 알고?"

마천악은 아직 한창이다. 마현이 그 자리를 물려받으려면 족히 이십 년 이상 더 기다려야 한다. 어쩌면 자신이 물려받지 못하고, 자신의 자식이 그 자리를 물려받을 수 있는 것도 고려해야 했다. 그러기에는 시간이 너무 오래 걸린다.

십 년이면 강산이 변한다고 했다. 이십 년이란 세월은 현 대명 제국의 상황과 달라질 수 있었다. 지금보다 상황이 악화될 수 있지만, 더 좋아질 수 있다. 상황이 악화되어 무너뜨리기 쉬워지면 좋겠지만, 그 반대의 상황도 생각해야 했다.

오히려 좋아지면 어찌 될 것인가. 그리고 그들이 자신들을 위협으로 느껴 선제공격을 해 오면 어쩔 것인가! 그런 알지 못할 미래에 기대를 걸 수는 없는 노릇이라고 생각하고 있었다.

"그대는 고작 강호 하나로 만족하느냐?"

흠칫!

마현의 말에 차유열의 어깨가 움찔거렸다. 아니다. 차유열은 강호 하나로 만족하지 못한다. 그가 원하는 건 단 하나였다.

"소마가 옛날부터 바라는 것은 단 하나. 본 교의 숙원인 대명 제국과 무림맹이 천하에서 사라지는 것이옵니다."

"그 대답을 원했다. 그렇다면 그대도 나와 함께하겠느냐?"

"무슨 말씀이신지?"

그가 무슨 의도로 하는 말인지 짐작하고는 있지만, 다른 누구도 아니고 설마 소교주가 자신이 짐작하는 생각을 말하고 있는 것일까 의심하고 있는 차유열. 마현은 그에게 확신을 심어 주려는 듯 자신의 의도를 말했다.

"난 아버지와 다르다. 난 마현이다. 아버지는 교주의 그릇이 아니다. 고작 강호 하나로 만족하다니. 그릇이 너무 작지 않은가!"

"소교주님!"

차유열이 그의 말에 기겁했다. 감히 지존을 깎아내리다니. 제아무리 소교주라고 하더라도 함부로 할 수 없는 발언이었다.

이것으로 확신이 섰다. 그는 교주에 대항해 자신의 세력을 만들고 있는 것이다. 왜 만드는 것인지 깊게 생각해 볼 일도 아니었다.

'반란을 일으키실 생각이시구나!'

그렇다면 실행 일도 그리 멀지 않은 때일 것이다. 차유열의 머리가 복잡해졌다. 다른 이도 아니고 소교주란 자가 교주를 향해 이빨을 드러내다니. 이런 경우가 아주 없는 것은 아니다. 이미 이런 일이 과거에도 있었다.

힘의 논리가 작용하는 곳이 바로 이곳 천마신교이다. 힘이 있는 자만이 교주가 될 수 있다. 반란에 성공하느냐, 실패하느냐에 따라 교주가 되느냐 마느냐가 될 뿐이다.

"어떻게 하겠는가? 그대도 나와 함께하겠는가?"

"……."

"천천히 생각해서 말하게."

마현은 탁상 위에 두 다리를 올리며 팔짱을 끼었다.

지금 이 자리에서 선택하라는 것이다. 이쯤 되면 누구나 다 알 것이다. 그가 지금 무슨 생각으로 이런 말을 하는지. 차유열이 고민에 빠졌다.

'이것은 교주님에 대한 도전이다. 다른 이였으면 생각해 볼 필요도 없겠으나, 난 소교주님께도 충성을 하기로 하지 않았던가!'

복잡하다. 현재 교주의 자리에 있는 마천악에게 충성을 계속하느냐, 아니면 마현에게 충성을 하느냐이다.

확실히 차유열도 그와 같은 생각을 품은 적이 있었다. 고작 강호 하나만을 차지하려고 하다니. 많은 피를 흘려도 대업을 이루고 싶었다. 그것은 비단 자신뿐만이 아닐 것이다.

오랫동안 준비한 대업을 이룰 수 있는 좋은 기회인데, 그 뒷일을 전부 몇십 년 후의 마현에게 맡기려고 한다. 그때까지 자신이 살아 있으리란 보장도 없다.

무림맹이 이 세상에서 사라지는 것은 볼 수 있을 것이다. 그러나 대명 제국이 무너지는 것은? 그것은 기약이 없는 일이었다. 그는 자신의 두 눈으로 대명 제국이 무너지는 꼴을 보고 싶었다.

그가 자신의 의견을 결정한 듯 자리에 일어나 오체투지를 한다.

"소마, 혈사마인 차유열. 소교주님의 뜻에 따르겠사옵니다."

차유열의 말에 마현의 얼굴에 만족스러운 미소가 드리워졌다. 그때 어둑한 곳에서 인기척이 들려왔다.

"반대하면 어쩌나 했어."

"만인사독? 아니, 그대들은……."

만인사독 진소향, 천리청이(千里靑耳) 수경학, 천인음마(千人淫魔) 모술지까지.

차유열은 어느새 그의 거처에 사대호법이 이곳에 다 모여 있는 것을 볼 수 있었다. 설마 저들이 소교주를 따라 이곳에 나타날 줄은 전혀 예상치 못했다.

'그러고 보니 소교주님께서 그대도, 라고 하지 않았던

가!'

그렇다는 건 이미 진즉에 그들을 포섭했다는 소리가 아
닌가.

만일 여기서 거절했거나 못 들은 걸로 하겠다며 어물쩍
넘기려고 했다면…….

'저들이 내 목을 노렸겠군.'

사대호법 중 차유열이 가장 강하다고 정평이 나 있다.
마천악과 마현을 제외하고 강한 이는 바로 차유열이다.

그러나 사대호법 세 명이 합공하면 제아무리 차유열이
라고 해도 어떻게 하지 못한다.

가장 강하다고 하더라도 실력 차는 엇비슷하다. 약간의
차이로 갈렸을 뿐, 그들이 자신보다 약하다고 할 수는 없
는 것이다.

"사대호법이 모두 내 뜻에 따라 주다니. 하하하, 이것은
즉 마신의 뜻이겠지?"

"시기는 언제로 보실 생각이시옵니까?"

진소향의 물음에 마현이 사이하게 웃으며 자리에서 벌
떡 일어난다.

"지금! 그대들은 교도들을 이끌어 나를 따르라."

"천세만세, 지유본교, 본교천하!"

차유열, 진소향, 모술지, 수경학이 새로운 교주가 될 그

에게 예를 갖추었다

속전속결. 그 누구도 예상치 못한, 심지어 본인조차 이런 일을 벌일 거라고 상상하지 못했다. 사대호법도 이제 자신의 편에 섰으니 마현은 두려울 게 아무것도 없었다.

제6장
내분

강수열은 마천악의 호위 겸 천향각 호위 마인(魔人)들을 통솔하는 책임자이다. 여전히 조용한 침묵이 흐르는 천향각. 강호는 떠들썩하고, 숨 막히는 나날이지만, 이곳은 평소와 다를 바 없다. 오늘도 마찬가지일 것이다.

'원래부터 이 자리가 심심하기 짝이 없는 직위이기는 했으나, 오늘따라 유독 더 심심하군.'

그가 하는 일이라고는 야밤에 곳곳의 순찰을 돌며 침입자가 있었는지 순찰자에게 확인하는 일이다. 한 시진에 한 번씩 보고를 하러 오는데, 평소와 같았다. 나뭇가지가 부러져 있는 경우도 있는데, 주로 새들이 나뭇가지를 꺾어서 생기는 일이 다반사다. 오늘도 그렇게 평화롭게 지나가고 있다.

심심하다는 것은 좋은 일이다. 아무 일도 없이 흘러간다는 뜻이니까. 하지만 정작 이 자리에 있으면 뭔가 하고 싶어지는 것도 사실이다. 그러나 자리를 뜨는 것은 헛간에 가는 것 외에는 불가능하다. 강수열은 바람이나 쐴까 생각하고 자리에서 일어나 밖으로 나갔다. 밖으로 나오니 오늘 근무를 서는 교도들이 한곳에 모여 밖을 바라보고 있었다.

강수열은 교도들의 그 모습에 인상을 와락 구겼다. 자신의 위치를 지켜야 할 이들이 자리에서 벗어나 다른 곳으로 시선을 향하고 있으니 화가 나는 것이다. 간혹 이렇게 기강이 빠진 모습을 보일 때가 있다. 그럴 때마다 나서는 것이 강수열이다.

"이놈들! 자기 위치를 지키지 아니하고 여기서 뭘 하고 있는 것이냐?"

다른 곳에 시선을 두고 있던 교도들이 그의 호통에 화들짝 놀라며 뒤를 돌아보았다. 평소라면 언제 그랬냐는 듯 후다닥 자기 위치로 갈 이들이 오늘은 자기 자리로 돌아갈 생각도 안 했다.

"호위 총책임자님, 저기 보십시오. 뭔가 이상합니다."

"뭐가 말이더냐?"

교도는 손가락으로 담 너머를 가리켰다. 자연스럽게 강수열의 시선도 그 손가락을 따라갔다. 그리고 담 너머로 길목마다 밝혀진 마을을 볼 수 있었다.

"저 불빛은 도대체 뭐지?"

마치 축제 날의 모습을 보는 것 같지만, 그것과 사뭇 다른 느낌이다. 은은하게 적색 등에 불을 밝히는 것도 아니고 횃불을 밝히고 있었기 때문이다. 게다가 그 다수의 횃불은 곧장 천향각으로 다가오고 있었다. 마치 출정 준비를 하는 이들이 출정식을 하기 위해 모여드는 것 같은 모양새였다.

"이상하군. 오늘 출정은 없는 걸로 알고 있는데? 급하게 정해진 건가?"

아주 없는 경우는 아니다. 갑자기 출정 명령이 떨어져 급히 나가는 경우도 있었다. 그러나 좀 의아한 것은 그럴 때는 거의 출정식을 안 한다는 것이다. 급히 정해진 만큼 사안이 급하기 때문이다. 설사 출정식을 한다고 하더라도 자신에게 그 내용이 전달되기 마련이었다. 오해의 소지를 미리 방지하기 위함이다. 그러나 이번에 그는 그 어떤 내용도 전달받은 바가 없었다.

"호위 총책임자님!"

그때 천향각 외부에서 한 교도가 헐레벌떡 이쪽으로 달려왔다. 강수열은 자신에게 달려오는 교도에게 시선을 향했다. 어찌나 바삐 달려왔는지 교도는 제대로 숨도 제대로 고르지 못한 채 헉헉대고 있었다.

"무슨 일이기에 그리 바삐 온 것이냐?"

"크, 큰일 났습니다! 다수의 교도들이 이쪽으로 오고 있습니다. 반란입니다!"

"뭐, 뭐야!"

강수열은 예기치 못한 일에 당황해하며 재빨리 명령을 내렸다.

"대문을 걸어 잠그고 천향각을 철저히 방어하라! 부 총책임자, 부 총책임자는 어디에 있지?"

"현재 취침 중이십니다!"

"깨워라. 난 서둘러 교주님께 이 사실을 알리겠다!"

강수열이 경공으로 교주가 있는 전각을 향해 뛰었다. 전각 앞을 지키는 문지기들은 그가 달려오자 의아해하는 표정을 지었다.

"호위 총책임자님, 여긴 어쩐 일로 오셨습니까?"

"당장 교주님을 깨워야 한다. 한시가 급한 일이다!"

문지기들이 고개를 갸우뚱거렸다. 그러나 그가 이렇게 과민한 반응을 보이는 경우는 처음이기에 허겁지겁 문을 열었다. 강수열은 문지기들을 따라 안으로 들어가며 소리쳤다.

"교주님! 큰일 났사옵니다!"

그 외침과 함께 그의 방문이 열리고 마천악이 밖으로 나왔다.

"무슨 일이기에 본좌를 깨우는 것이냐."

마천악이 강수열을 노려보았다. 그의 손에는 서슬 퍼런 검날이 달빛에 비쳐 반사되고 있었다. 정말 특별한 일이 아닌 경우 자신의 단잠을 깨우는 것은 목숨을 걸고 해야 한다는 것임을 암시하고 있었다.

"무림맹 위선자들이 쳐들어오기라도 한 것이냐?"

여러 가지 생각 중 가장 가능성이 있는 것이 무림맹이 쳐들어온 것. 하지만 이곳까지 절대 못 올 것이라는 게 그의 생각이다. 정파나 사파나 천마신교의 위치를 아는 이는 없기 때문이다. 어떻게 알아냈다 하더라도 쉽게 이곳까지 뚫고 오기는 힘들다.

"교주님. 얼른 피하셔야 하옵니다. 반란이 일어났사옵니다!"

"……."

쉽게 믿을 수 없는 소리에 마천악은 자신의 귀를 의심했다. 전혀 생각지도 못한 일을 그가 입에 담았기 때문이다.

"지금 본좌가 헛것을 들은 것이냐? 반란? 지금 반란이라 하였느냐?"

"그러하옵니다!"

잘못들은 게 아니었다. 담 너머로 불빛이 밝게 빛나고 있었다. 어둠만이 있어야 할 곳에 이리 밝은 불빛이라니. 거짓은 아닌 듯했다. 감히 다른 이도 아니고 자신을 향해 칼을 들이밀려는 자가 있다니. 참으로 간이 크구나 싶었다.

"감히 반란을 일으킬 정도로 자신들의 위치가 공고한 이는 사대호법 정도인데……."

그러나 그들은 자신들에게 진심 어린 충성을 다하는 충신들이다. 누구도 그들이 반란을 일으킬 것이라는 생각은 전혀 못 한다.

"반란의 주동자는 누구더냐?"

"소, 소교주님께서 일으켰다 하옵니다."

꿈틀.

마천악은 또다시 자신의 귀를 의심했다. 전혀 생각지도 못한 인물이었기 때문이다.

"뭐라 했느냐? 소교주? 마현이 일으켰다고?"

"그, 그러하옵니다!"

마현이라면 가능하다. 사대호법이 충성하는 이는 자신 말고도 마현도 포함되어 있었기 때문이다. 그래도 쉽게 믿을 수 없는 것만큼은 확실하다.

"믿을 수 없다. 내 직접 그들을 만날 것이야."

"교, 교주님!"

"따라오거라."

마천악의 단호한 태도에 강수열이 예를 갖추며 일어나 그의 뒤를 따랐다. 마천악은 검을 꽉 움켜쥐며 인상을 찡그리고 있었다.

*   *   *

야심한 새벽. 조용하게 흘러가던 천마신교 내부는 오늘따라 살벌하게 느껴졌다. 천향각의 입구를 지키는 문지기들이 칼을 뽑아 든 채 당황해하고 있었다.

"소, 소교주님. 물러가 주시기 바랍니다. 이곳은 천향각입니다!"

"나도 알고 있다. 설마 내가 자라고 어렸을 적부터 놀던 이곳이 어디인지 모를까 봐?"

마현은 뒷짐을 쥔 채 미소를 짓고 있었다. 그들이 반란을 일으켰다는 것은 이미 다 알았기에 잔뜩 긴장할 수밖에 없었다. 게다가 그의 옆에 있는 사대호법들까지. 천마신교에서 손에 꼽히는 자들이 전부 그의 옆에 있으니 더욱 두려웠다.

"소교주님, 물러나 주시기 바랍니다!"

문지기 한 명이 결국 칼을 그에게로 향했다. 마현은 피식 웃으며 그에 응했다.

"경고성이 다분하군. 안 물러나면 어찌할 생각이지? 내 게 칼침을 꽂을 작정인가? 할 수 있다면 해 봐라. 내 받아 줄 터이니."

마현이 양팔을 거만하게 양쪽으로 펼쳤다. 어서 찌르라 는 듯한 모양새다.

문지기들은 상당히 곤란한 표정이었다. 다른 이도 아니 고 소교주다. 교주의 아들이자 훗날 교주가 될 사람인 것이 다. 그런 그에게 칼을 들이미는 것도 쉽게 할 수 있는 것은 아니었다.

"지금이라도 칼을 버리고 도망쳐라. 추격하지도 않고, 내게 칼을 빼 든 죄도 사하여 주도록 하지."

"큭!"

이러지도, 저러지도 못하겠고. 문지기들은 이를 악물었 다. 물러나도 문제, 안 물러나도 문제인 것이다.

"물러날 생각은 없는 듯하군. 장난은 여기까지다."

휘리릭!

마현이 손을 휘젓자 대기를 가르는 소리와 함께 문지기 들의 목에 선혈이 그어진다. 그리고 곧 목이 몸과 따로 떨 어져 나가며 신형이 무너졌다. 마현은 굳게 닫혀 있는 대문을 바라보더니 주먹을 움켜쥐며 힘껏 허공에 내질렀다.

콰과광!

견고하게 닫혀 있던 대문이 요란한 소리와 함께 파편을 흩날리며 박살 났다. 마현이 앞장서서 대문 안으로 들어왔다.

대문이 열리지 않도록 그 뒤에서 버티고 있던 호위들이 피를 흘린 채 쓰러져 있는 것을 볼 수 있었다. 참으로 어리석은 짓을 했다. 대문을 걸고 버려도 소용이 없을 텐데 말이다. 마현은 다시 정면을 바라보았다. 여전히 대문을 지키고 진을 짠 이들이 눈에 들어왔다.

그들 중 중앙에 있는 이가 앞으로 나섰다.

"소교주님. 천향각 부 총책임자 김갈지이옵니다."

"그래, 알고 있다. 이름을 안 것은 처음이지만…… 그래서 어떻게 할 생각이냐. 날 막을 셈이냐? 우리에게 가세하겠다면 모든 죄를 사할 용의는 있다만?"

"절대 물러날 수 없사옵니다. 제 임무는 천향각, 나아가서 교주님을 지키는 것이옵니다. 소교주님이시라 하여도 제 우선순위는 교주님의 안전이옵니다."

"그래? 그거 유감이로구나. 유혈 사태가 일어나지 않기를 바랐는데 할 수 없지. 하지만 그 용기를 생각하여 목숨만은 살려 주도록 하마. 나머지는…… 알아서 해라."

마현은 자신이 상대하기도 귀찮다는 듯 손짓을 했다. 그러자 뒤에 대기하고 있던 교도들이 진형을 무너뜨리기 위해 우르르 들어가기 시작했다.

"겁먹지 말고 막아라!"

김갈지가 좁은 지형을 이용해 그들을 막으려고 했다. 시간을 최대한 벌 수 있는 효과적인 곳이다.

게다가 천향각 순찰 임무를 맡는 이들은 최소 일류로 구성되어 있다. 쉽게 뚫릴 만큼 약한 무인들이 아니었다.

쾅쾅쾅!

막으려는 자와 뚫으려는 자들이 서로 충돌했다.

*   *   *

내부가 소란스럽다. 마천악은 가까이에서 들려오는 금속성에 인상을 찌푸리며 침실에서 천향각으로 이동했다. 그리고 그곳에서 곧 자신들의 교도가 서로 죽고 죽이는 참상을 볼 수 있었고, 그 광란의 가운데에서 마현을 발견할 수 있었다.

"멈춰라!"

마천악의 노성이 쩌렁쩌렁 울려 퍼졌다. 노성을 듣고 마교도들이 순식간에 전투를 멈추고 그를 바라보았다. 마현의 시선도 그에게로 향했다.

"아버지, 오셨습니까."

"이게 무슨 짓거리지? 다른 곳도 아니고 천향각에서, 천마신교의 본산에서 이런 불미스러운 일을 벌이다니. 물러가거라."

조용조용하게 말하고 있었지만, 그의 목소리에는 힘이 실려 있었다. 범인(凡人)은 따라 하지 못할 그의 기세에 모두가 움찔거렸다.

"그럴 수는 없습니다, 아버지."

"반란을 일으켰다는 게 사실이로군. 두 눈으로 보고도 믿기지 않아."

그러나 마천악의 표정은 별로 달라진 것이 없었다. 그의 시선이 곧 차유열, 수경학, 진소향, 모술지에게로 향했다.

"사대호법까지 마현과 함께 있구나. 그대들의 충정을 의심하지 않았는데, 설마 다른 이들도 아닌 그대들이 날 끌어내리려고 할 줄은 상상도 못 했다."

그들도 지금 자신들이 무슨 짓을 저지른 것인지 알고 있는 터라 감히 그의 눈을 똑바로 마주하지 못했다. 그러나 곧 그럴 필요가 없다는 걸 깨닫고 차유열이 한 걸음 앞으로 나왔다.

"소마 차유열이 감히 말씀을 올리옵니다. 교주님, 투항하여 주십시오. 교주님께 끝까지 충정을 하였으나 더는 그 의견에 따를 수 없습니다."

"그 의견?"

"본 교의 대업은 강호를 얻는 것이 아니옵니다. 대명 제국. 우리 천마신교를 이리 외지로 쫓아낸 대명 제국을 무너뜨리는 것이지 않았사옵니까!"

"본좌는 안전한 길을 택한 것이다. 본좌가 아닌 소교주가 그 대업을 이룰 수 있도록 기틀을 마련해 주려는데 왜 그걸 이해하지 못하는 것이더냐."

마천악은 한심하다는 듯 그들을 바라보았다. 무림맹과 전투를 벌이면서 입을 피해를 추스르고, 대명 제국에 맞설 수 있을 만큼 천하에서 교도들을 끌어모은 후 공격할 기틀을 마련하겠다는데 왜 벌써부터 그들과 전쟁을 벌이지 못해서 안달인지 모르겠다.

"혈사마인. 그대의 부모의 원한은 알고 있다. 허나 그대의 숙원을 안전하게 이룰 수 있다는데 왜 벌써부터 그러는 것이냐. 여기서 가장 냉정한 그대가 이렇게 나오는 게 이해할 수 없구나."

"그때까지 소마가 살아 있을 것 같지 않사옵니다. 제 후손들이 이를 볼 수 있을지 몰라도, 소마는 전혀 볼 수 없지 않사옵니까!"

이제 슬슬 몸이 허해지는 것이 느껴지는 차유열. 늙고 이제 몸도 옛날 같지 않다 보니 급박해지고 있는 것이다. 그가 이렇게 급히 나오는 것도 다 그 이유에서였다. 그의 유일한 소망은 대명 제국의 황제가 교주 앞으로 나와 머리를 조아리는 것을 보는 것뿐이다. 그는 부모가 죽임을 당했을 때부터 그것을 원했다. 그리고 지금에서야 그 모습을 볼 수 있을 것이라 생각했는데…… 자신이 충성을 다하는 교주는 강호 일통에만 혈안이 되어 있었다. 대명 제국을 무너뜨리겠다는 생각은 전혀 없었다.

 "이성적으로 생각하라, 혈사마인. 본 교의 대업은 그대 하나의 원한만으로 이뤄질 수 없는 것이다. 본 교가 백 년이라는 긴 시간을 준비한 것이 무엇이더냐. 기회를 보고 있었다. 지금까지 쭉. 이미 대명 제국의 국운은 기울고 있다. 높은 이들은 부정부패를 일삼고, 관리들이 수탈하고 있으니 말이야. 그들이 스스로 무너지고 있다. 십 년이면 지금과 비교할 수 없을 정도로 약해질 터!"

 "십 년이면 강산이 변하옵니다! 외세의 침략이 있어 병력을 전방에 배치한 지금이 절호의 기회가 아니고서야 무엇이겠사옵니까!"

 십 년 안으로 외세의 침략을 어찌 막고 다시 추스른다면 더 힘들어질 수 있다는 얘기였다. 군 기강과 사기가 어떻게 될지 모르지만 더 많은 수의 정규군과 전투를 벌여야 할 수 있다는 것도 사실이었다.

"저희도 교주님께 칼을 들이밀기 싫사옵니다. 허나 본교의 미래를 위해서, 천하의 그 누구도 못한 위대한 대업을 위해서 소교주님이 지금 당장 교주님의 자리에 올라야 한다고 생각했사옵니다."

"그렇군. 그 뜻에는 변함이 없다는 것이로구나. 괜히 설득하려고 하지도 않던 입을 놀렸어. 하하하!"

마천악이 하늘을 향해 크게 웃었다. 마치 재미있다는 듯이……

"감히 본좌 앞에서 그런 죽도 안 되는 망발을 하다니. 네 놈들의 뜻은 잘 알았다."

마천악은 언제 웃었냐는 듯이 무섭게 그들을 노려보며 살기를 내뿜었다. 그의 엄청난 살기에 교도들의 어깨가 흠칫 떨리며 숨을 가쁘게 내쉬었다. 이것이 마천악의 힘이다. 감히 누구도 함부로 넘볼 수 없는 태산(太山)이다.

"본좌가 교주의 자리가 얼마나 무거운 것인지 뼈저리게 깨닫게 해 주마."

*　　　*　　　*

마천악의 난입으로 천향각 일대는 아수라장이 되었다. 마현을 따르는 수많은 교도들이 마천악 한 명을 어쩌지 못한 채 학살이라고 할 수 있을 정도로 일방적으로 당하고만 있었다. 눈이 좇아가기도 전에 마천악은 순식간에 스무 명을 베어 버리고, 또다시 일검에 다섯을 베어 버린 참이었다. 별다른 것도 안 쓰고 오직 검만 휘두르고 있을 뿐인데 교도들은 마천악의 힘을 감당하지 못했다. 자연의 앞에 인간이 무력한 것처럼 마천악 앞에 교도들도 무력했다. 거대한 힘 앞에서 어쩌지 못한 채 공격을 주저했다.

"소교주님. 저희가 나서겠습니다."

차유열이 그리 말해 왔다. 그뿐만 아니라 사대호법이 모두 맞서 싸우겠다는 듯 의지를 보여 주었다. 그들이 괜히 사대호법이겠는가. 화경까지는 아니더라도 초절정 끝자락에 있는 자들이다. 부족한 것은 실력으로 메우는 자들이었다. 실전 경험은 말할 것도 없었다. 다만 마천악을 상대하기에는 부족한 것도 사실이다. 마현은 그들을 잃을 수 없었다. 마천악이라면 그들도 가차 없이 베어 버릴 것이다. 배신의 대가는 매우 크다. 마천악은 이미 그들을 어떻게 처리할지 정했을 것이다. 아마 자신의 핏줄이라 해도 이런 일을 벌였다면 결코 용서하지 않을 것이다.

"내가 나서지."

마현은 가장 현실적인 답을 내놓았다. 교주에게 대항할 수 있는 자는 이곳에 없다. 그리고 그와 같은 경지에 있는 자신이 싸워야 그나마 그 부족한 면을 메울 수 있을 것이다.

"궁금했거든. 아버지와 내가 싸우면 누가 이길지."

그것은 순수한 호기심이었다. 마천악과 대련을 해 보기는 했으나, 서로 진심을 다한 적이 없었다. 정말로 서로를 베기 위해 칼을 휘두른다면 누가 이길지 궁금했다. 무엇보다 마현은 질 것 같지 않다는 확신을 갖고 있었다.

"너희들은 지켜보기만 하면 된다. 교주의 자격이 있는지 없는지 직접 두 눈으로 보여 줄 터이니."

그가 앞으로 나서며 허리춤에서 검을 뽑았다. 그의 검이 달빛에 반사되었다. 그가 앞으로 나오자 마천악의 공격이 멈추고, 주춤했던 교도들이 슬금슬금 뒤로 물러났다.

"마현. 결국 네가 나서는 게냐? 그것도 혼자서?"

"예, 아버지."

"봐주는 것은 없을 것이야."

"예, 바라는 바입니다. 그렇지 않으면 제 검이 아버지를 베어 낼 테니까요."

마천악의 눈썹이 씰룩 움직였다. 자신의 아들이지만 정말 건방지다는 생각밖에 들지 않았다. 마현은 지금 자신의 실력을 너무 과신하고 있었다. 그것이 꼭 나쁘다고 할 수는 없었지만, 너무 지나치면 독이 되는 법이다. 오히려 자신과 싸우는데 그런 망발을 하는 건 제정신이 맞는지 의심해 봐야 할 일이었다.

"성급하게 일을 진행한 네놈에게 아버지로서 철저히 훈육한 후, 죗값을 치르게 해 주마."

"어떻게 될지 궁금하군요. 그렇게 되기를 진심으로 기원합니다."

그 대화 후, 마천악과 마현의 신형이 눈앞에서 사라지는 것과 동시에 여기저기서 금속성이 울리기 시작했다. 또한 어디서 불어오는 건지 세찬 바람이 휘몰아쳤다.

"도대체 뭐가 어떻게 되어 가고 있는 거지?"

한 교도의 중얼거림. 비단 그 교도만의 생각은 아닐 것이다. 다른 이들도 마찬가지였다. 싸우고 있는 건 알겠는데, 어떻게 하면 저렇게 싸울 수 있는지 전혀 감을 못 잡고 있었다.

사대호법들의 눈이 쉴 새 없이 동시에 움직인다. 그들조차 간신히 따라갈 정도로 마천악과 마현은 빠르게 움직이고 있었다. 서로 물러서지 않고, 봐주는 것도 없이 전투를 펼치는 모습을 보니 새삼 놀라게 되었다.

'소교주님도 대단하시구나.'

'과연. 본 교 역사상 최고의 천재라는 말은 허언이 아니었어!'

마현은 옛날부터 천재로 인정받았다. 내공에 도움이 되는 영약을 먹고, 천마공을 익혔다 하여 약관이 넘어서 화경의 경지에 이르는 것은 범인은 결코 할 수 없는 경지인 것이다. 애초에 사대호법들 중 어렸을 적부터 천재라는 소리를 듣지 않은 이는 없다. 그들도 재능이 있어 지금의 위치에 도달한 것이다. 그러나 마현의 천재성은 단연 으뜸이었다. 강호의 역사에서도 유례를 찾아보기 힘들 것이다.

고작 스물넷에 이렇게까지 마천악을 상대로 싸울 수 있다는 것 자체가 더 말이 안 되는 일인 것이다.

'굉장하군. 내 아들이지만 대단해.'

한 치도 양보할 수 없는 접전을 벌이면서 마천악은 인상을 찌푸렸다. 마현은 자신의 아들이지만 정말 대단한 인재였다. 오히려 강호를 정벌하기 위해 나가기 전보다 훨씬 더 강해진 느낌이었다.

'안타깝구나. 아들이 일취월장하는 걸 기뻐하지 못하는 지금 상황이!'

반란만 일으키지 않았다면 그는 분명 기뻐하며 그를 반겼을 것이다. 아들의 힘이 날이 갈수록 커지면 커질수록 그것은 곧 천마신교의 힘이 된다. 그러나 지금 자신을 몰아내기 위해 쓰는 힘을 기뻐할 수는 없는 노릇이었다.

콰앙!

이제는 금속성이 아닌 다른 소리로 뒤바뀌었다. 그러나 어떠한 일이 벌어진 것은 아니다. 그들은 여전히 서로 검을 마주한 채 서로를 바라보고 있다.

'도대체 검을 어떻게 놀리면 저런 소리가 나는 게지?'

사대호법들은 금속성이 아닌 폭발음과 비슷한 소리가 나는 것을 이해하지 못했다. 마천악은 인상을 찌푸리고 그를 마주하고 있는 것에 반해, 마현은 여전히 웃는 낯짝이었다.

"여전히 너의 생각을 종잡을 수 없구나."

"저도 제 생각을 잘 모르는데 아버지가 어찌 아시겠습니까."

장난스럽게 대답한 느낌이 강하지만, 그것은 사실이다. 마현도 가끔 본인이 무슨 생각으로 일을 행한 것인지 모를 때가 많았다.

"그 즉흥적으로 결정하는 성격은 고쳐지지 않는구나."

아들의 성향을 모를까. 생각은 알지 못한다 하더라도 평소의 버릇이나 성향은 잘 알고 있다. 그것은 반대로 마현도 마찬가지라는 소리다.

"아버지도 마찬가지입니다. 흥분하시면 말씀을 많이 하시는 건 여전하시군요."

"건방지구나. 감히 본좌에게 그런 말을 하다니. 그 웃는 낯짝을 순식간에 굳어지게 만들어 주마."

남들은 잘 모를지 몰라도, 마현은 이를 잘 알고 있다. 사적이든 공적이든 말수가 적고, 딱 필요한 것만 말하는 마천악이다. 그런 그가 말을 많이 하는 경우는 하나였다. 잔뜩 흥분했을 때였다.

캉!

마천악이 그의 검을 위로 쳐올렸다.

당연히 이대로 당하지 않을 거라 생각했다. 마현은 이기어검을 사용하면서 그에게 달려들었다. 마천악도 똑같이 응수하며 주먹을 말아 쥐었다. 마천악에게서 무공을 배운 마현이지만 유일하게 다르게 싸우는 것이 바로 이것이었다. 마현은 주로 장법을 애용하는 반면, 마천악은 권법을 사용했다. 마현은 상대에게 심한 내상을 입히는 것을 위주로, 마천악은 외상을 입히는 것을 위주로 했다. 뭐가 더 낫다고 하지는 못한다. 그저 개인적으로 마음이 가는 것을 배웠을 뿐이다.

팡! 팡! 카앙! 캉!

마현의 장법과 마천악의 권법이 서로 부딪쳤다. 서로 공력을 불어 넣으며 틈을 집요하게 노렸다. 바로 그 위에서 언제든 서로를 노릴 수 있게 검이 날아다니며 불똥을 튀기고 있었다. 치열하게 싸우는 모습은 누구라도 혼을 쏙 빼놓을 만큼 압도적이었다.

　장시간 싸우고 있는 것도 아니다. 지금까지 아직 반 각이 채 되지 않았다. 그런데도 이미 그들은 꽤 많은 공력을 소비하고 있었다. 그만큼 치열하고, 한 치 앞도 내다볼 수 없는 것이다.

　'강해졌다고 해도 경험이 부족하다. 마현, 너무 성급했구나.'

　최소 두 해가 지났으면 자신을 초월했을지 모른다. 그러나 마현은 너무 성급했다. 반란을 일으킨다 해도 사전에 준비가 필요한 법이다. 그가 봤을 때 지금의 반란은 시간을 오래 들인 것 같지 않았다.

　'아마 이것도 즉흥적으로 일으킨 일이겠지.'

　그렇다고 해도 이 일을 쉽게 넘어갈 생각은 없었다.

　"아비를 이기려면 십 년은 멀었다, 마현!"

　그의 머리를 박살 내려는 듯 공력이 담긴 주먹이 그를 향해 날아든다. 마현은 이제 수가 없다. 어떻게 막는다 하더라도 그의 팔이 온전할 수 있을 리 없다고 확신했다.

　"아—!"

　마현이 가볍게 입을 벌렸다. 스스로 이제 끝났다고 생각하는 듯 보였다. 이제 마현도 느꼈을 것이다. 제아무리 자신이 천재라고 남들이 떠받들어 주고 있어도 경험이 많은 자신에게는 안 된다는 것을.

'철이 없어서 일으킨 것치고는 너무 앞서갔다. 자신의 죗값이 뭔지 이제 곧 알게 될 것이다, 마현.'

그는 승리를 확신했다. 마천악의 주먹이 그의 얼굴 코앞까지 다가왔다. 마현이 입을 열었다.

"고작 이 정도였다니. 어울려 주는 것도 신물이 납니다, 아버지."

마현이 지루하다는 듯 말을 내뱉음과 동시에 이변이 일어났다.

쾅!

공력이 서로 부딪치며 폭발음이 울렸다. 그 충격으로 천향각 외진 곳의 담벼락이 무너져 내렸다. 돌풍이 몰아치며 그들 주위로 흙먼지가 장막처럼 처졌다. 모든 교도들의 시선이 이쪽으로 집중된 가운데, 다들 공통적인 생각을 하고 있었다.

'누가 이긴 것인가!'

장막이 서서히 걷히며 인영이 드러나기 시작했다. 한 명은 일어서 있고, 다른 한 명은 무릎을 꿇고 있었다. 흙먼지가 완전히 걷혀서야 그제야 결과를 알 수 있었다. 무릎을 꿇고 있는 자는 마천악이었다. 모든 이들이 경악했다. 마천악의 상태는 한눈에 봐도 정상이 아니었다. 마천악은 각혈하고 있고, 오른쪽 손과 팔이 부러져 있었다. 마현은 그에 반해 옷이 흙먼지로 인해 더러워졌을 뿐, 몸에 별다른 부상이 보이지 않았다. 그는 아버지의 검까지 탈취한 채 목에 검을 겨누고 있었다. 누가 봐도 승패는 확실했다.

'어, 어찌 이럴 수가 있단 말인가!'

살면서 지금까지 패배를 몰랐던 마천악. 그런 그에게 처음으로 패배가 무엇인지 알려 준 것은 다른 누구도 아닌 자신의 핏줄이었다. 설마 마현이 이토록 괴물이 되어 있을 줄은 꿈에도 상상하지 못했다. 날이 갈수록 강해지고 있다는 생각을 하긴 했으나 설마 이토록 빠르게 성장할 줄은 몰랐기 때문이다. 직접 싸웠지만 너무도 다른 행색으로 마주하고 있어 더욱 믿기지 않았다.

"아무래도 제가 아버지보다 더 앞섰던 모양입니다."

"도대체 어떻게…… 아직 본좌도 대성하지 못한 천마공을 대성하기라도 했단 말이더냐!"

아무리 생각해도 말이 되지 않았다. 자신이 이렇게 허무하게 질 리 없다고 생각했다. 마현은 별것 아니라는 듯 어깨를 으쓱였다.

"이미 대성한 지 오래전입니다, 아버지. 지금까지 절 하수로만 보셨다니. 게다가 제가 밖에서 그냥 놀기만 했을 것 같습니까?"

"……!"

마천악은 그의 긍정에 더욱 놀랄 뿐이다. 말도 안 된다. 천마신교 역사상 최고의 천재임에는 틀림이 없다지만 이렇게까지 빠른 진전을 보일 줄 누가 알았겠는가!

"그래도 내공의 깊이는 아버지가 훨씬 더 뛰어나시죠. 단흑수 그놈은 더 엄청나고요. 제가 더 강하기는 하지만, 단흑수나 아버지와 비교하자면 내공 면에서 월등히 불리합니다. 내공의 양만 보면 녀석이 아버지보다 뛰어날 정도니까요. 저보다 고작 한두 살 더 많은 것뿐인데도 말이죠. 음선지체와 정사를 나눴다 해도 말도 안 되는 양입니다."

전혀 위로가 되지 않는 소리다. 오히려 단흑수가 자신보다 내공이 더 차고 넘친다는 말은 확인 사살을 하는 것과 다를 바 없는 일이었다. 비참한 느낌을 받으며 마천악이 인상을 찌푸렸다. 마현은 마천악의 검을 옆에 멀리 던졌다. 반면 자신의 검은 허리춤에 찼다. 그가 무릎을 꿇어 그와 눈높이를 맞췄다.

"지금 생각해 보니까 아무래도 전 욕심이 많은 것 같습니다. 또한 제멋대로죠."

"이제야 그걸 알았더냐?"

"아버지나 부하들이나 말해 주지 않았으니까요."

오히려 옆에서 떠받들어 주고 죽으라고 하면 죽는시늉이라도 하는 교도들뿐이었다. 그가 틀린 말을 해도 맞다고 맞장구도 쳐 주고 말이다.

"전 단흑수 그놈이 부럽습니다. 그 녀석이 어떻게 내공을 그렇게 쌓을 수 있었는지 비법을 알아내고 싶을 정도로요."

"……."

"그래서 생각해 봤습니다. 어떻게 그의 내공을 따라잡고, 제가 더 강해질 수 있는지. 역시 흡성대공밖에 없지 않겠습니까?"

"못난 놈. 과욕은 독이 되리라는 것을 모르느냐? 그놈의 무공은 오행공이라지? 네가 오행진기를 전부 네 것으로 만들 수 있으리라 보았느냐?"

마천악은 그의 내공을 탐하기 전에 그가 먼저 백치가 될 것이라고 확신했다. 마현은 그의 말에 의아한 눈빛으로 바라보았다.

"무슨 소리이십니까, 아버지? 전 그 녀석에게 해코지할 생각이 전혀 없습니다. 단흑수는 그대로 놔둬야 진가를 발휘할 테니까요. 저도 그놈의 내공을 흡수하면 큰일 난다는 것 정도는 알고 있습니다. 그래서 안전한 방법으로 그와 대등해질 수 있는 방법을 생각해 봤지요."

도대체 무슨 말이 하고 싶어서 이런 말을 꺼내는 것일까. 그의 입이 귀까지 쭉 찢어졌다. 마천악조차 섬뜩할 정도로 사이한 웃음. 말 그대로 마귀를 보는 것 같았다. 그러나 그의 미소가 곧 무슨 의미인지 깨달았다.

안전한 방법. 그것이 계속 귓가에 맴돌았다.

"설마……!"

"그럼 잘 받아가겠습니다, 아버지."

"으읍!"

마현의 손이 마천악의 입을 틀어막았다. 마천악의 눈이 휘둥그레 떠진다. 자신이 살면서 지금까지 쌓아 올린 내공이 그에게 빨려 나가는 것을 느끼고 있었다. 흡성대공이었다.

흡정공(吸精功)과 전혀 다른 것이다. 흡정공은 정기와 상대방의 생명력을 빨아들인다면, 흡성대공은 상대의 모든 것을 빨아들이는 것이다. 정기, 생명력, 내공 할 것 없이 전부 다 말이다.

흡정공은 마현이 생각해 낸 새로운 무공이다. 만들어진지 그리 오래되지 않았기에 불안정하다. 그 때문에 그만큼 부작용이 따랐다. 흡정을 할 때는 쾌락이 있지만, 그 후에는 그보다 더한 고통이 뒤따른다.

반면 흡성대공은 옛날부터 대대로 전해져 내려오는 것이

었다. 이것은 익히기 까다롭지만 한번 익히면 상대방의 내공을 전부 흡수해 자신의 것으로 만들 수 있는 무서운 무공이었다.

흡성대공에 당한 상대방을 죽이지 않을 수도 있지만 당한 상대는 그만큼의 내공을 잃게 된다. 흡성대공을 펼친 이는 그만큼 내공을 흡수할 수 있어 단기간에 강해질 수 있다. 역시 빠르게 강해진 만큼 부작용은 있다.

상대방의 기를 빨아들인 만큼 자신이 감당하지 못한다면 서로 충돌하여 죽음에 이를 수 있기 때문이다. 그렇기에 익히기 힘들다는 것이고, 목숨을 담보로 하면서까지 익혀야 한다. 허나 지금 마현은 망설일 것도 없었다.

마현이 익힌 무공인 천마공도 흡성대공과 마찬가지로 대대로 전해져 내려오고 있는 것이다. 천마공을 익힐 수 있던 것은 누구 덕분이겠는가. 마천악이 알려 준 것이다. 당연히 마천악도 자신의 아버지에게서 전수받은 것이다. 마현이나 마천악의 무공은 똑같다. 당연히 공력을 흡수할 때 부작용은 없을 것이다.

그의 생각이 맞았는지, 힘이 축적되어 가고 있는 것이 느껴졌다. 약간 반발이 있는 것 같으나 쉽게 자신의 단전에 동화되어 가고 있었다. 마현은 거의 죽기 직전까지 흡성대공을 펼친 뒤에서야 그의 입에서 손을 놓았다.

"마현…… 네 이놈……."

처음 위압감 있던 마천악의 모습은 온데간데없었다. 내공을 잃은 그의 모습은 상당히 초라하고 작게 느껴졌다. 크게 느껴졌던 아버지의 어깨가 이렇게까지 작게 보이는 건 이번이 처음이었다.

우득! 우드득!

마현의 몸이 변화한다. 환골탈태가 이루어졌다. 엄청난 내공을 갑자기 얻으면서 다시 몸이 변화하는 것이다. 환골탈태를 마친 마현은 실망감이 번져 있었다.

'역시 현경에 이르지는 못하나.'

그 많은 내공을 흡수하고도 현경에 이르지 못하다니. 혹시 현경에 이를 수 있지 않을까 기대했던 마현. 역시 현경이란 너무도 높은 경지였던 모양이다. 기대가 컸던 만큼 실망이 컸다. 기대했던 것이 이렇게 바보 같을 수 없었다.

"아아……."

사대호법과 그들을 따르던 교도들이 일제히 무릎을 꿇으며 마천악에게 큰절을 올렸다. 그래도 자신들을 이끌던 교주였다. 마현의 뜻에 찬성하여 이런 일을 벌였다지만 충성심이 사라진 것은 아니었기 때문이다. 힘들게 쌓아 올린 내공을 순식간에 잃은 마천악의 눈빛이 허무함으로 변질되어 있었다.

"잘 받았습니다, 아버지. 반발은 있지만, 같은 무공을 익힌 덕분인지 쉬이 제게 동화되는군요. 이렇게 보면 핏줄은 핏줄이라는 걸 새삼 느끼고 있습니다."

마현은 자신의 단전에 머물고 있는 그의 내공을 음미하듯 쓰다듬었다. 그가 흡수한 마천악의 내공과 자신의 내공을 합쳐서 일 갑자에 육박해 있었다. 흡수한 마천악의 내공이 아직 반발을 일으키고 있다. 완전히 자신의 것으로 만들기 위해서는 시간이 좀 더 필요하겠지만 그리 오랜 시간이 걸리지는 않을 것이다.

흡성대공을 마친 마현은 일부러 소량의 내공만 남긴 채, 그를 살려 두었다. 이제 그는 삼류 무사나 될 법한 내공만 남았다. 평생 모은 내공이 순식간에 빼앗긴 순간이었다.

'어찌…… 어찌 이럴 수가!'

자신이 일선에서 물러나고 그가 내공을 원하면 마천악은 기분 좋게 승낙하여 그에게 내공을 줬을 것이다. 자신의 내공이 마현에게 전승되면 그에게 큰 힘이 될 것이고, 더더욱 강해졌을 테니까. 그러나 빼앗긴 것은 얘기가 다르다. 그 허탈함은 이루 말할 수 없었다.

"이제부터 내가…… 아니, 본좌가 천마신교의 교주이다. 전(前) 교주님을 정중히 모셔라. 한동안 몸을 제대로 가누지 못하실 터이니 회복하실 때까지 잘 보필하도록."

마현은 '나'라는 말 대신 스스로를 '본좌'로 칭했다. 교주보다 강한 마현. 어린 나이에 크게 대성한 것은 분명 자랑스러워할 일이다. 그러나 자신의 자리를 찬탈하는 것을 좋게 생각할 이가 어디 있겠는가. 마천악은 적의가 가득한 표정으로 마현을 똑바로 노려보았지만, 마현은 그저 빙그레 웃을 뿐이다.

사실상 가택 연금에 처해지는 것이나 다름이 없었다. 그를 죽이지 않은 것은 공력을 잃은 만큼 더 이상 자신에게 위협이 되지 못하기 때문이었다. 다만 그를 따르는 세력은 아직도 분명 있다. 사대호법이 자신과 뜻을 함께하는 이상 금방 그 세력을 무력화시킬 수 있지만, 이를 곱지 않게 보는 이들이 있을 것이다.

"이틀 후, 본좌가 교주의 자리에 올랐음을 공표할 것이다. 지금부터 착실히 준비하도록 하라."

"천세만세, 지유본교, 본교천하!"

"그리고……."

마현의 시선이 곧 천향각을 지키던 교도들에게로 향했다. 그들은 여전히 칼을 빼어든 채 어떻게 해야 할지 난감해하고 있었다.

"싸움은 끝났다. 칼을 버려라."

"난 인정할 수 없다."

바로 답이 돌아왔다. 양옆으로 갈라지며 누군가가 나왔다. 호위 총책임자인 강수열이었다.

"호오? 방금 뭐라고 했느냐? 본좌가 헛들은 것이냐?"

"난 네 녀석을 인정하지 못한다고 말했다!"

강수열이 마현을 향해 소리쳤다. 모든 이들이 경악한 채 그를 바라보았다. 다른 이도 아니고 마현에게 '네 녀석'이라고 할 수 있는 교도는 이 세상에 없었다.

"굳이 불필요한 싸움은 필요 없다 여겼는데. 자존심 때문인가? 방금 그 말을 철회할 기회를 주도록 하지. 지금밖에 없는 흔치 않은 기회다."

마현이 기회를 주는 것 자체가 흔한 것은 아니었다. 그가 엄청난 선심을 쓴 것만큼은 확실했다. 기분을 상하게 만드는 것은 일절 용납하지 않는 성격이다. 그런 마현을 옆에서 지켜본 교도들이라면 특히나 부정하지 못한다.

"기회를 몇 번이나 줘도 똑같이 말해 주지. 네 녀석은 교주는 물론 소교주의 자리에도 어울리지 않는, 천륜을 끊은 자다!"

김갈지도 강수열에게 동조했다.

"나도 천륜을 어긴 그대를 소교주는 물론 교주로도 인정하지 않겠다! 설사 그것에 죽음이 따른다 하여도! 우리의 충정이 네게 가는 일은 결코 없을 것이다. 우리가 목숨을 바치며 충성하는 사람은 천하에 오로지 단 한 분이다!"

"호오, 이건 또 예상 밖의 일인걸."

마현이 재밌다는 듯이 웃고 있었다. 호위부는 원래 충성심이 강한 이들로 이루어진 부대다. 교주를 지키는 최정예들로 이루어져 있다. 그래도 자신이 마천악의 핏줄인 것과 어차피 나중에 교주가 될 몸이기에 승부가 나면 자신을 따를 것이라 자신했다. 그런데 이건 전혀 생각지도 못했다. 설마 자신을 부정할 줄이야.

"정식으로 오른 것도 아니고 반란을 일으켜 올라간 네놈을 우리가 따를 것이라 보느냐! 이에 동조한 사대호법들도 마찬가지다. 그대들은 하늘을 우러러 부끄럽지 아니한가! 그대들의 사사로운 욕망 때문에 교주님을 저렇게 만드는데 일조하다니! 그대들은 죄책감도 없느냔 말이다! 너희들의 가슴이 그렇게 시키더냐!"

강수열이 토해 낸 말에 찔린 사대호법들이 일제히 시선을 피한다. 그의 말도 맞다. 마현의 말에 동조하고는 있지만, 그들도 마천악에 대한 충성심은 여전했다. 충성심이 있는데도 이런 짓을 벌였으니 비난받아 마땅한 일이다. 그렇기에 그들은 그 말에 토를 달지 못했다.

"호위부들도 같은 생각인가?"

마현은 나머지 호위부들을 바라보았다. 그들의 생각이

궁금했다. 저들 중 한 명쯤은 망설이는 자들도 있을 줄 알았다. 그러나 역시 그 예상도 쉽게 깨어졌다.

"우리도 너를 인정하지 않겠다!"

"한낱 미물도 자기 부모에게 이렇게까지 하지 않는다, 이 미물만도 못한 놈아! 우린 끝까지 저항할 것이다!"

그들의 눈빛은 결사를 각오한 듯 결연하기까지 했다. 평소 새벽만 되면 기강이 빠져서 졸고 있던 녀석들이 이렇게 나오니 확실히 예상외였다.

"킥!"

마현의 입에서 웃음이 새어 나왔다. 그리고 그 작은 웃음이 곧 한꺼번에 터져 나왔다.

"하하하! 재밌구나. 정말 재밌어. 살면서 교도들에게 욕을 들을 줄이야."

이게 도대체 뭐가 재밌다는 것인지, 마현의 웃음은 멈출 줄 몰랐다. 그가 눈물이 나올 정도로 웃다가 곧 손을 들었다.

"그럼 네놈들 뜻대로 해 주지. 최대한 저항해 보거라. 한 놈도 죽이지 말고 생포하여 옥사에 넣어라. 정 안 되겠다 싶으면 팔다리 한두 개쯤 베어도 상관없다."

"존명!"

그리고 또다시 마교도들끼리 격돌했다.

　　　　　*　　　*　　　*

　하룻밤 사이에 세상이 바뀌었다는 말은 이럴 때 쓰는 것일까? 정말 말 그대로 세상이 바뀌었다. 흑수는 아침에 일어나기 무섭게 마현이 교주의 자리에 올랐다는 말을 들었을 때 화들짝 놀라고야 말았다.

　이 얘기를 해 준 소미연도 믿지 못하는 얼굴로 그에게 이 소식을 알려 주었다. 오래전부터 고질병을 앓았다던 마천악이 더 이상 자리에 있지 못할 정도로 악화되었다며 마현에게 교주의 자리를 넘겼다는 것이다. 병세가 심각해 소수를 제외하고 면회까지 금하고 있다고 한다.

　흑수가 마천악을 처음 봤을 때 그런 낌새는 없었다.

　'오히려 강인하고 위압감 넘치던 모습만 머리에 남는데…….'

　그런 그에게 병이 있다는 것을 쉽게 믿을 수 있을 리 없었다.

　'누가 봐도 수상쩍은 일이지. 그러고 보니 어제 새벽 천향각 쪽에서 소란스러운 소리가 들려오기는 했는데…….'

　귀가 밝은 흑수는 그 소리를 들었다. 대화 소리까지는 모르지만 함성과 전투를 치르는 소리가 들리기는 했다. 혹시 무림맹에서 마교의 위치를 알아내 기습을 해 온 것이 아닐까 기대했지만, 역시 아니었던 모양이다. 혹시 이번 일과 그것이 관계된 것이 아닌가 짐작할 뿐이다.

제7장

탈출 계획

'확실히 분위기가 흉흉하네.'

마교 내부는 흉흉한 기운이 여기저기서 느껴지고 있었다. 모든 일정들이 취소되고, 늘 가던 천주각조차 통제되었다.

아니, 천향각을 통하는 모든 곳들이 다 그러했다. 거처에 가만히 있는 흑수지만 그는 밖에 있는 사람들이 하는 대화를 전부 들을 수 있었다.

아침에 일어나자마자 소미연이 해 준 얘기가 마현이 세간에 알리기 위해 꾸며 낸 거짓임을 깨달았다. 마현이 반란을 일으켜 이리된 것이라고. 그 때문에 전 교주인 마천악은 사실상 연금을 당한 상태이며 이를 숨기기 위해 전투 현장을 말끔히 치우고 있다는 소식도 말이다.

이미 천마신교 전각에서 일하는 이들에게 다 퍼진 소문이니 아마 사실일 것이다. 숨기려고 해도 너무 거창하게 일을 벌인 터라 숨길 수 없는 것이다.

'알려진다 하더라도 마현이 교주로 앉아 있으니 사실상 토를 달 수 있는 사람은 없겠네.'

정말 말 그대로 마현의 세상이 만들어졌다. 흑수는 마교 내부에 있으면서 왜 이렇게 된 것인지 이해하지 못한 채 멍하니 침대에 누워 천장 무늬나 세고 있었다.

"명장님. 소미연입니다."

"네, 들어오세요."

흑수의 허락이 떨어지자 소미연이 안으로 들어왔다. 그녀는 눈 밑에 짙은 그림자가 끼어 있었다. 또한 표정은 불안한 기색이 역력했다.

"인상이 안 좋아 보이시네요."

"좀 피곤해서 그렇습니다."

"그런가요?"

어제 늦게까지 연주를 했으니 그럴 법도 하다고 생각했다. 잠도 잘 안 왔을 테니 말이다.

'그러나 다른 이유가 있겠지.'

아무것도 몰랐다면 괜찮겠지만, 그는 어제 일을 기억한다. 연주를 마친 소미연이 단도를 꺼내 자신을 찌르려다가 포기한 것을 말이다. 무림맹을 돕고 자신과 같은 마교도들을 여럿 죽였으니 적의를 갖는 것은 이해할 수 있다. 그러나 그것을 고려하더라도 소미연의 행동은 너무 과민반응 같았다.

'이것저것 묻고 싶은 게 많지만 어차피 말해 주지도 않겠지.'

뭔가 숨기고 있는 것은 확실하다. 궁금하기는 하지만 신경 끄기로 했다.

"꽤 힘들겠네요. 새벽에 있던 일도 있으니."

그 말에 소미연이 의아한 얼굴이 되었다. 그가 어찌 이 사실을 알았을까 싶은 것이다. 흑수는 이 방에서 단 한 발자국도 나간 적이 없었다.

"밖에 호위들이 말하는 게 다 들리더군요. 지금은 잠이 부족하다며 불평하고 있고요."

"……"

소미연이 침묵하며 귀를 기울여 보았다. 딱히 목소리가 들려오지는 않았다. 그래서 확인차 가까이 가 보았다. 그의 말대로 정말 잠이 부족하다며 불평하며 대화하는 소리가 들렸다.

"이래 봬도 청력이 꽤 좋거든요."

구속구를 찼지만 이런 능력을 보이는 건 화경이란 경지에 올라서 그런 것이겠거니 이해하는 소미연. 애초에 화경은 이미 인간의 범주를 뛰어넘은 이들이다. 상식이 통하지 않는 괴물이라는 것을 알기에 그러려니 하고 있는 것이다.

"그렇다면 얘기가 빠르겠군요. 원래 이 사실을 말씀드리려고 온 것입니다."

"예?"

자신에게 그런 사실을 굳이 알리려고 하다니. 이해가 되지 않은 흑수였다. 소미연이 입이 가벼운 사람은 아닌 것 같으니 분명 이유가 있으리라 보았다.

"그 말은 전부 사실입니다. 소교주님께서…… 그러니까 현 교주께서 반란을 일으키고, 끝까지 저항한 호위부 무사들을 모조리 옥사에 가뒀습니다. 그 수가 무려 백오십 명이 넘습니다. 전 교주님에게 맹목적인 충성을 바치는 이들이지요. 그리고 저는 명장님의 시종을 하고 있지만 사실 호위부 소속의 교인입니다."

"아……."

감시자를 붙이기에는 감시를 하는 대상에게 현혹되지 않을 만한 자를 넣어야 할 필요가 있었을 것이다.

"저와 친한 교도가 알려 준 정보입니다. 곧 피의 숙청을 시작할 계획이라고 합니다. 저항했던 이들이나 저항하지 않던 이들에 관계없이 호위부 전부 말입니다. 저도 예외는 아니지요. 새로운 하늘을 거스른 죄로 말이지요."

"그게 무슨 상관이지요?"

말에 두서가 없는 느낌이었다. 하고자 하는 말이 뭔지 이해하기 힘들었다. 요점을 잡기 힘들었다. 그저 자신의 개인 정보를 말해 주고 있는 느낌밖에 없었다.

"명장님께 신뢰를 드리기 위해 말씀드린 겁니다. 그럼 바로 본론을 꺼내겠습니다. 그들의 탈출을 도와주십시오."

"제가 왜요?"

흑수는 굳이 그런 위험을 무릅쓸 필요가 없었다. 무엇보다 소미연을 도울 이유는 더더욱 없었다. 누구 좋으라고 마교도를 돕는다는 말인가. 흑수가 나설 이유나 이로울 것도 없어 보였다.

"전 명장님의 왼쪽 구속구를 풀 수 있는 열쇠를 가지고 있습니다."

"예, 옷 갈아입을 때 항상 풀어 주시잖아요."

"구속구를 풀어드리겠습니다. 하나를 풀면 그래도 내공을 어느 정도 쓰실 수 있는 것 같으니 같이 탈출하시지요."

"그럴 이유가 전혀 없는…… 네?"

거절하려던 흑수는 자신의 귀를 의심하고 의문을 표했다. 그녀가 마지막으로 한 말이 믿기지 않았다.

"다시 말씀드리겠습니다. 천산에서 같이 탈출하시지요."

다시 들어도 자신의 귀를 의심하게 만드는 말이었다. 소미연은 흑수에게 열쇠를 던져 주었다. 열쇠를 받아 든 흑수는 잠시 멍한 표정을 지었다.

"혹시 모르니 열쇠는 가지고 있다가 제가 새벽에 찾아오면 그때 푸시지요."

신뢰를 주려는 듯 열쇠를 아예 흑수에게 맡겨 버렸다. 흑수는 멍한 표정을 지으면서도 일단 고개를 끄덕였다. 갑작스럽게 일이 크게 벌어지고 있으니 복잡한 심경이었다. 그래도 썩 나쁜 기분은 아니었다. 자신을 감시하는 소미연이 같이 탈출을 하게 도와준다니 흑수에게는 기회나 다름이 없었다.

'나머지 구속구를 풀고 싶기는 하지만…… 함부로 풀면 폭발한다고 했지?'

정교한 장치로 이루어진 구속구이다. 어설프게 풀려고 하거나 망가뜨리면 폭발할 수 있다는 말을 소미연과 마현이 해 주었었다. 그 때문에 함부로 시도조차 못하고 있는 실정이었다. 그 얘기는 사실인지 소미연이 말해 왔다.

"나머지 열쇠 하나는 현 교주가 가지고 있습니다."

"마현을 쓰러뜨려야 얻을 수 있다는 말인데……."

지금 이 상태로 어찌 쓰러뜨릴 수 있을까. 절대 불가능하다. 결국 마현이 주거나, 아니면 알아서 풀어낼 방법을 찾아야 했다.

"나중에 조심스럽게 해부해서 풀어내 봐야겠군요."

지금은 일단 급한 대로 이것으로 만족하기로 했다. 흑수가 자리에서 일어났다. 같이 탈출을 하자는데 흑수가 망설일 이유는 전혀 없었다.

"계획을 말씀해 주세요."

아무런 계획 없이 무작정 갈 수는 없는 노릇. 힘을 온전히 쓰지 못하는 흑수이고, 은밀한 행동을 해야 하기에 사전 계획을 알 필요가 있었다.

소미연이 고개를 주억이며 그의 앞에 뭔가를 꺼낸다. 그녀가 꺼낸 것은 옥사의 내부 구조와 천향각 전체 지도였다.

"인시(寅時, 03:00~05:00)에 일을 결행할 생각입니다. 현재 옥사에 갇히지 않은 호위부 동료들도 함께 일을 진행할 계획입니다."

소미연의 표정은 전장에 나서기 직전 작전을 세우고 있

는 장교의 모습과 비슷해 보였다. 그녀는 손가락으로 한곳을 가리켰다.

"집결 지점은 이곳, 천주각 동문(東門)입니다. 천주각 동문의 담벼락을 따라 북쪽으로 이동하면 옥사가 나옵니다. 순찰하는 교도들이 늘어 매우 은밀하게 일을 진행해야 할 겁니다."

소미연은 이 작전에 대해 자세히 말해 주었다. 이번 작전의 핵심은 신속하고 은밀하게 그들을 구출한 후, 여러 도주로로 뿔뿔이 흩어져 탈출하는 것이다.

최대한 시선을 분산시켜 이목을 덜 끌면서 탈출 확률을 높이려는 것이다.

"참고로 옥사 창고 내부에는 명장님의 무기도 같이 보관되어 있습니다."

"오, 그건 좋은 일이네요."

겸사겸사 자신의 흑태도 챙겨서 갈 수 있는 일이다.

"그런데 제 감시자들과 문 앞을 지키는 이들은 어떻게 하죠?"

흑수는 지붕을 가리켰다. 그곳에는 세 명의 감시자들이 있었다. 목소리가 닿지 않게 조용히 말하고는 있지만 그들이 염려되었다.

"그들은 걱정하지 마시지요. 그들도 저와 뜻을 함께하

기로 한 이들입니다. 대신 일을 거행하기 전에 기절시켜
달라고 하더군요."

호위부는 아니라고 하더라도 이 일을 꽤 많은 사람들이
돕는구나 싶었다. 하기야, 다른 것도 아니고 반란을 일으
켜 교주의 자리를 찬탈했는데 불만 세력이 있을 수밖에 없
을 것이다. 또한 정당한 일이 아니니 대놓고는 말하지 못
하지만 인정하지 않는 이들도 분명 있을 것이다. 다행히
이곳도 힘이 있다고 무조건 교주가 되는 그런 것은 아닌
모양이다.

'마현이 스스로 약화시켜 주는군.'

이것은 분명 좋은 일이다. 반대 세력을 포섭하지 못하면
그만큼 엄청난 피해를 입게 될 테니까.

백여 년 전의 정마대전도 이와 비슷한 양상이었다고 하
지 않던가. 그때의 교훈을 잊고, 전철을 똑같이 밟고 있는
셈이다. 교주를 지키는 세력이 반기를 들려고 하고 있는
것이 그 증거였다.

*　　　*　　　*

퍽! 퍽!

"우윽!"

인시가 되기 일다경 전, 흑수의 거처 밖에서 고통에 찬 소리가 들려온다.

위에서부터 아래까지 전부 흑색으로 맞춘 소미연이 조용히 흑수의 방 안으로 들어왔다. 자는 척하며 침대에 누워 있던 흑수가 자리에서 일어났다.

"일어나셨습니까?"

어둠 속에서 인영이 드러난다. 흑수는 고개를 주억이며 자리에서 일어났다. 품에 숨기고 있던 열쇠를 꺼내 왼쪽 구속구를 풀었다. 내공이 일부 돌아온 것을 느끼면서 흑수가 손목을 풀었다.

"일단 밖을 지키는 호위들을 잠재웠습니다."

소미연은 그에게 뭔가를 건넸다. 자세히 보니 그것은 도(刀)였다.

"명장님께서는 도를 주로 사용한다 하셔서 챙겨 왔습니다."

"이왕이면 조금 더 길고 무거운 대도면 좋겠지만 지금 그런 걸 따질 때는 아니겠죠?"

흑수는 이 정도로 만족하기로 했다. 어차피 지금 상황에서 이 정도도 감지덕지였다. 게다가 흑태도를 찾기 전에 임시로 쓸 무기일 뿐이다.

"그러고 보니 제 무기는 그렇다 치지만…… 소미연 소

저의 무기는요?"

흑수의 무기는 챙겨 줬지만, 소미연에게서 무기를 찾을 수 없었다. 그녀는 평소 들고 다니는 비파를 지금도 들고 있었다.

"그러고 보니 말씀드리지 않았군요. 전 음공(音功)을 사용합니다."

"아……."

소리로 공격하는 무공이다. 그녀에게 비파는 그저 악기가 아니라 무기도 된다는 소리였다. 지금까지 음공을 사용한 자를 한 번도 보지 못했기에 호기심도 일었지만 지금 그럴 상황은 아니었다.

"인시까지 충분히 시간은 있습니다. 최대한 들키지 않고 가야 할 겁니다."

흑수는 고개를 주억이며 그녀의 뒤를 따랐다. 밖으로 나오니 복도에 두 명의 마교도가 쓰러져 있었다. 저항의 흔적이 전혀 없는 것을 보니 얌전히 맞아 준 느낌이 강했다.

흑수는 그들을 무시하고 그녀를 따라 이동했다. 평소에 이동하던 천주각의 방향이 아니었다. 그녀는 빙 돌아가는 것을 선택했다. 최대한 순찰자들의 눈을 피하고 빛이 적은 곳으로 이동하는 것이다.

'익숙해 보이네.'

호위부는 쉽게 말해 친위대이다. 특수 훈련을 받는 경우가 많기에 잠복에도 매우 능했다.

흑수는 소미연을 금방 따라 하며 최대한 기척을 죽이고 이동했다. 곧 돌고 돌아 천주각 동문 인근에 도착할 수 있었다.

"휘익—! 휘~익!"

소미연이 신호를 보내며 특정한 음으로 휘파람을 냈다. 그러자 풀숲에서 그녀와 같은 복장의 사람들이 몇 명 나왔다.

"이로써 모두 모였군. ……저자가 있는 건 마음에 안 들지만."

복면을 한 어떤 교도가 흑수를 바라보며 마음에 들지 않는다는 듯한 표정을 지었다. 탈출 계획에서 그가 필요한 지금의 상황이 마음에 들지 않는 것 같았다. 지금은 그리 큰 힘을 내지 못한다 하더라도 한 사람이라도 자신들의 뜻에 동조할 수 있는 사람이 필요한 것도 사실이다. 가장 자신들과 뜻을 함께할 수 있는 사람이 흑수였다.

"어쨌든 지금은 그런 걸 신경 쓸 상황은 아닙니다. 옥사의 상황은 어떻지요?"

"경계는 삼엄하다. 하지만 못 뚫을 정도는 아니지. 우리의 실력이라면 능히 그들의 눈을 피해 잠입할 수 있을 것이다."

자신 있게 말하는 교도의 말에 소미연이 고개를 주억였
다. 흑수는 주위를 살피며 이곳에 있는 자들의 기척을 전
부 잡아냈다.

'숫자는 열 명 정도로군.'

옥사에 갇혀 있는 자들까지 합하면 백 명이 넘는다. 다
행히 나눠서 가두지는 않아 한꺼번에 탈출할 수 있을 것이
다.

그들은 새로운 작전 없이 기존에 짜여졌던 대로 행해도
문제가 없을 것이라고 확신하고, 담벼락을 따라 북쪽으로
이동했다. 흑수도 뒤를 따랐다.

기척을 죽이며 이동하는 그들. 곧 경계가 삼엄한 옥사에
도착할 수 있었다. 순찰을 돌고 있는 교도들이 눈에 들어
왔으나 전부 피곤한 기색이 역력했다. 시간을 이때로 잡은
것도 다 이 때문이었다. 가장 방심하기 쉽고, 감각이 약해
질 때이다.

스르륵—

그들이 하나둘 어둠에 녹아들었다. 머리부터 발끝까지
검은 복장으로 맞추니 어둠에 금방 녹아들었다. 순찰을 하
는 자들이 옆으로 지나가도 모를 정도였다. 그들이 천천히
눈을 피해 옥사로 진입했다. 흑수도 기척을 죽였다. 이렇

게 은밀하게 이동하는 경우는 난생처음이었지만 그는 곧
잘 따라 했다.

그렇게 조금씩 눈을 피하니 좁은 공간에 도착할 수 있었
다. 이곳부터는 어떻게 숨어들 방법이 없어 보였다. 숫자
는 대략 열셋. 서로 마주 보면서 경계를 서는 데다 주위에
화톳불을 밝혔기에 어둠에 녹아들기 힘들어 보였다. 그러
나 그들에게 문제가 되지는 않았다. 한 교도가 수화로 지
시를 하기 시작했다. 그의 신호에 맞춰 다들 자리를 잡기
시작했다.

흑수는 소미연의 뒤를 따랐다. 옥사 주위를 포위하며 곳
곳에 위치한 이들. 곧 한쪽에서 휘파람 소리가 들려오자,
모두가 동시에 암기를 날렸다.

"……!"

어떤 소리도 없었다. 옥사를 지키던 마교도들이 암기에
맞고 일제히 쓰러졌다. 습격자를 알릴 틈도 없었다. 그들
은 곧 담벼락 아래로 뛰어내렸다. 흑수는 감탄했다.

'이야, 잠입은 이렇게 하는 거구나.'

이를 맞추기 위해 얼마나 훈련을 했을지 감이 잡히지 않
는다. 그리고 꽤 신기하기도 했다. 그러나 그럴 틈은 없었
다.

그들은 신속히 옥사 벽에 몸을 기댔다. 안에서 기척이

느껴진다. 옥사 내부를 지키는 간수들도 당연히 생각해야 하는 것이다. 그러나 숫자는 고작 넷. 이번에는 더 쉬웠다. 작은 문틈으로 여러 교도들이 입에 뭔가를 물고 안으로 들이밀어 조준했다.

훅!

작은 바람 소리와 함께 네 명의 간수들이 쓰러지는 소리가 들려왔다. 전부 쓰러진 것을 확인하기 무섭게 일제히 안으로 들어갔다.

"너, 너희들은……!"

"구출하러 왔습니다, 총책임자님."

"……미연이냐?"

"예, 총책임자님."

"위험을 무릅 쓰면서까지 이럴 필요는 없다."

"내일 소교주가 교주 선포식이 있고서 피의 숙청을 한다 들었습니다. 어제 천향각에서 전투를 한 호위부든 아니든 말이지요."

이러나저러나 결국 죽는 목숨이니 탈출을 감행한 것이다.

"확실한 정보더냐?"

"예, 제 벗이 사대호법의 시종 중 한 명입니다. 그가 어쩌다가 들었다고 합니다."

그가 침음을 흘렸다. 지금 호위부를 완전히 없애고 새로운 이들로 뽑으려는 모양이었다. 이례적인 일은 아니다. 백여 년 전 마교 내부에서 이와 같은 일이 있을 때 호위부가 반발하여 내전을 야기시켰기 때문이다. 마현은 그것을 생각한 모양이었다.

"그렇구나. 헌데 저자는 왜 끌고 온 것이냐?"

"조금이라도 보탬이 될까 하여 데리고 왔습니다. 구속구를 차고 있다고는 하나, 화경이 아닙니까."

강수열은 꺼림칙한 표정이었다. 그러나 지금은 앞뒤 가릴 때가 아니라는 걸 깨닫고 침묵했다. 그들은 곧 간수들의 몸을 뒤져 열쇠를 찾았다. 열쇠는 다발로 뭉쳐 있었다. 어느 게 맞는 열쇠인지는 모른다. 그러나 이 중에 있을 것이다. 그들은 열쇠를 하나씩 꽂아 자물쇠를 풀려고 했다. 그러나 문제가 생겼다.

"……열쇠가 하나도 안 맞아?"

다른 열쇠를 써 봐도 마찬가지였다. 간수들이 가지고 있는 열쇠를 전부 사용해 봤지만 하나도 맞지 않자 소미연이 당혹스러워했다. 혹시 이것이 마현의 꾀일지도 모르겠다는 생각이 들었다. 소미연과 합세한 교도들은 곧장 단도와 얇은 침을 꺼내더니 자물쇠 구멍에 넣어 풀려고 하기 시작했다. 자물쇠를 따는 훈련을 받은 그들. 그러나 어찌 된 영문인지 아무리 해도 잘 풀리지 않았다.

"……아무래도 특수한 장치가 되어 있는 모양이다."

강수열이 혀를 찼다. 특수한 장치가 되어 있는 자물쇠
라면 따기 매우 어렵다. 소미연이 곤란한 표정으로 어떻게
풀어야 할지 고민했다. 시간은 많지 않다. 저들이 눈치채
기 전에 얼른 이곳에서 빠져나가야 했다.

"흠……."

흑수는 자물쇠를 뚫어지도록 바라보았다. 몇 번 살펴보
더니, 그가 물었다.

"제가 해 볼까요?"

그의 물음에 옥사에 갇힌 마교도들이 비웃었다. 제아무
리 대장장이라고 해도 열쇠를 따는 건 다른 문제다. 이런
훈련을 매번 하는 그들도 못하는 걸 그가 할 수 있을 리 없
다고 장담했다. 하지만 소미연이 한 것 그대로 했는데, 이
변이 일어났다.

철컥!

"……?!"

자물쇠가 풀어진 것이다. 다들 믿지 못하는 눈으로 흑수
를 바라보았다. 그가 몇 번 했을 뿐인데 자물쇠가 풀어진
것이다. 흑수는 다른 자물쇠도 마찬가지로 금방 풀어 버렸
다.

"도대체 어떻게⋯⋯."

소미연도 그것이 매우 궁금했다. 자신은 물론 같이 온 동료들도 따지 못한 자물쇠를 너무 쉽게 풀어 버리니 의아했던 것이다.

"다 방법이 있죠."

흑수는 자세한 대답을 해 주지 않았다. 그가 한 방법은 매우 간단했다. 금기를 사용해서 자물쇠 내부를 약하게 만들어 망가뜨린 것이다. 생각보다 간단해 보일지 모르지만 꽤 섬세하게 해야 하는 작업이었다.

어쨌든 그런 흑수 덕분에 별로 시간을 지체하지 않은 채 자물쇠를 모두 열 수 있었다. 순식간에 모든 자물쇠를 따 버린 흑수. 그들은 얼떨떨한 표정으로 곧 밖으로 나올 수 있었다.

그들이 전부 옥사에 나오자, 밖에 쓰러져 있는 이들의 무기를 탈취했다. 무기의 수는 너무 적어 전부 무장하지는 못했지만 이 정도로 만족할 수밖에 없었다.

이제 흑수에게 중요한 것이 있었다. 흑태도를 다시 되찾는 것이었다. 흑수는 마교도 중 도를 다루는 이에게 자신이 들고 있는 것을 넘기며 소미연에게 물었다.

"창고는 어디에 있죠?"

"저곳이 창고입니다."

소미연은 창고가 어딘지 손가락으로 가리켰다. 흑수는 그녀가 가리킨 방향에 작은 건물이 있는 것을 발견했다. 창고 문은 빗장과 함께 자물쇠가 걸려 있었다. 그는 똑같은 방법으로 자물쇠를 풀고는 창고 안에 들어갔다. 창고 내부에 들어오자 흑태도를 금방 발견할 수 있었다. 흑수가 재빨리 자신의 무기를 가지고 창고 밖으로 나왔다.

"자, 어서 이곳을 벗어나지요. 총책임자님. 이제부터 뿔뿔이 흩어져 탈출해야 합니다."

"시선을 다른 곳으로 분산시키려는 것인가?"

"그렇습니다."

강수열은 그들의 생각을 금방 파악하고는 고개를 주억였다.

지금 이 상황에서 가장 현실적이면서 효율적인 작전이다. 애초에 이 많은 수의 죄인들이 우르르 몰려 나가면 시선이 쏠릴 수밖에 없었다.

'전부 탈출하면 좋겠지만, 현실적으로 불가능하겠지.'

"좋다, 얼른 탈출하도록. 각자 뿔뿔이 흩어져라. 반드시 살아서 나가라."

그의 명령에 모두 조용히 예를 갖추며 뿔뿔이 흩어지려는 찰나였다.

"어딜 그렇게 바삐 가려는 거지?"

"……!"

흑수의 어깨에 무게감이 더해진다. 조용하지만 귓가에 박히는 그 말을 들은 모두의 등줄기에 식은땀이 흘러내렸다.

흑수는 그 자리에서 굳어 버렸고, 마교도들은 누가 먼저라고 할 것 없이 모두가 동시에 뒤를 돌아본다. 마현이 흑수에게 어깨동무를 한 채 미소를 짓고 있었다. 그는 주위를 둘러보았다.

"옥사를 지키던 간수들은 죄다 쓰러져 있었고, 옥사에 있어야 할 전 호위부 관계자들은 밖으로 나와 있다…… 그런데 이곳에 단흑수 네가 있는 것은 좀 이상한 일이구나."

마현이 흑수의 어깨를 툭툭 치며 씩 웃었다.

"안에서 간수들을 쓰러뜨릴 수 없으니 외부에서 잠입한 이가 풀어 줬다는 얘기인데…… 소미연. 네년은 왜 호위부 잠입복으로 갈아입은 게지? 네가 탈출을 돕기 위해 단흑수를 포섭한 게냐?"

흑수가 재빨리 흑태도를 뽑아 들려고 했지만, 마현의 손이 흑태도의 손잡이를 꾹 눌러 뽑을 수 없도록 했다. 한쪽 구속구가 풀렸다 해도 그는 이류에서 일류 정도의 힘밖에 내지 못했다. 당연히 마현이 조금만 힘을 줘도 그가 어쩌지 못했다.

"대답은 충분하군."

스륵—

그가 손을 들자 주위에서 다수의 인기척이 느껴졌다. 매복한 인원들이었다.

그들은 주위 담벼락 위에 수많은 이들이 나타나자 이를 아득 물었다.

최소 절정의 무인들로 이루어진 이들이 그들을 포위하고 있다. 게다가 이곳에는 마현도 있었다. 빠져나갈 곳은 없어 보였다.

무기를 소지하고 있는 사람은 극소수. 대부분은 맨손인데다 내공도 마저 회복하지 못한 채였다. 그들이 제대로 싸울 수 있을 리 없었다. 그들은 탈출을 하기도 전에 들킨 것에 원통하다는 표정이었다.

휘익!

마현이 손을 휘젓자 강한 바람이 몰아치며 그들의 손목을 강타했다. 꽉 쥐고 있던 무기가 순식간에 땅에 떨어졌다. 소미연의 비파도 마찬가지였다.

"감히 본좌 앞에서 또다시 칼을 들이미는 우를 범하다니. 어리석구나."

마현이 살기를 내뿜자 그들의 몸이 움찔거렸다. 마치 맹수 앞에 놓인 토끼처럼 오금이 저려 오는 느낌이 들었다.

확실히 달라진 그 기세에 다들 벌벌 떨었다. 유일하게 그의 기세에 견딜 수 있는 것은 흑수뿐이었다.

그러나 지금은 어쩌지 못했다. 싸울 의욕마저 잃은 그들은 결국 저항도 해 보지 못하고 포박을 당해야 했다.

"단흑수. 아무리 너라도 이 건은 그냥 넘길 수 없겠구나. 지금까지의 내 호의를 무시하는 것이나 다름이 없으니 배신감마저 드는군."

"······."

흑수는 그를 노려보았다. 마현은 흑수가 포승줄에 묶일 때까지 실망한 표정을 풀지 않은 채 가만히 지켜보았다. 결국 탈출 계획은 실행도 하기도 전에 실패로 돌아가고 말았다.

＊　　　＊　　　＊

천향각. 수많은 교도들이 호위부 주위를 포위한 채 무기를 뽑아 들 준비를 하고 있었다. 조금이라도 미동이 보이는 자가 있으면 가차 없이 베어 버리겠다는 것으로 보였다.

마현은 계단 위에서 그들을 내려다보았다. 그 옆에는 사대호법들이 서서 그들의 죄를 읊고 있었다.

"감히 교주님에게 칼을 들이밀고, 새로운 하늘을 인정하지 않으며, 죄를 뉘우치지 않고 탈출을 감행하려 했던 것은 누가 봐도 본 교에 대한 도전이라 사료되옵니다!"

"탈출을 도운 소미연과 단흑수 그 외 열 명에게도 같은 벌을 내려 주시옵소서!"

재판에 온 것 같은 모양새였지만, 발언권은 주어지지 않았다. 그저 사대호법들이 떠들고 형을 집행하는 것이 좋겠다고 소리치고 있을 뿐이다.

'21세기의 재판은 기대도 안 했지만 자기들끼리 잘 떠드네.'

흑수는 속으로 한숨을 내쉬었다. 마현은 장시간 죄를 낱낱이 듣다가 지루하다는 듯 물었다.

"어떻게 하는 것이 좋겠느냐?"

"목을 베어 광장에 매달아 본보기로 삼으시옵소서!"

결국 하나로 귀결되었다. 본보기로 삼으라는 것이다. 대충 이리될 줄은 알았기에 별 감흥은 없었다. 그러나 마현은 시큰둥한 표정이었다. 그의 표정을 보고 흑수는 뭔가를 짐작했다.

'그러면 재미없을 것 같은 표정인데?'

그의 생각은 정확했다. 마현은 정말 재미없을 것 같다고 생각하고 있었다. 그는 머리를 굴렸다. 이런 건 좀 시시하고 뭔가 재밌을 것 같은 게 없나 생각하고 있는 것이다. 그가 뭔가를 떠올렸는지 곧 자리에서 벌떡 일어났다.

"아니, 난 저들에게 한 번 더 기회를 줄까 한다."

그 말에 주위가 술렁였다. 다른 누구도 아닌 마현이 또 기회를 준다니? 이번이 두 번째 기회였다. 한 번 기회를 주는 것도 어려운데 두 번씩이나 주는 것은 지금까지 단 한 번도 없던 일이었다.

"하오나, 그렇게 하시면 앞으로 이런 일이 또 벌어질 것이옵니다!"

진소향은 저들을 죽여야 한다고 소리치고 있었다. 그녀뿐만 아니라 다른 사대호법들도 마찬가지의 반응이었다.

"물론 벌도 줄 것이다. 이런 일을 벌이고 벌을 주지 않으면 말도 안 되는 일이지."

도대체 무슨 생각인지 감을 못 잡고 있는 흑수. 하지만 옆에 있는 소미연을 슬쩍 보니 뭔가 짐작 가는 것이 있는 표정이었다. 그녀만 아니라 다른 이들도 마찬가지였다.

"저 죄인들을 역천금박에 처하는 것은 어떻겠느냐?"

"여, 역천금박……!"

사로잡힌 마교도들의 얼굴이 파랗게 질렸다. 사대호법들은 역천금박이라는 말에 화들짝 놀라고 있었다. 그 의미를 모르는 흑수는 그들이 엄청나게 두려워하는 것이라는 것만 짐작할 수 있었다.

'도대체 역천금박이 무엇이기에 저리들 두려워하지?'

아무것도 모른다. 그러나 마교도들이 매우 두려워하는 것임을 짐작할 수 있을 뿐이다.

"그대들의 생각은 어떤가?"

"과연. 역천금박행이라면 벌과 동시에 기회가 될 것입니다."

사대호법들이 그의 말에 찬동했다. 모두가 찬동하자 일은 일사천리로 진행되었다.

"죄인들을 역천금박행에 처하라!"

"존명!"

하나둘 마교도들이 죄인들의 팔을 붙잡았다. 삶을 포기한 듯 멍하니 끌려가는 이들도 있다. 흑수의 옆으로 마교도 두 명이 다가온다. 그는 스스로 자리에서 일어났다.

"내 몸 만지지 마라. 내가 갈 테니까."

마교도들은 흑수의 반응을 보고 피식 웃었다. 뭣도 모르고 이러는 것이니 웃긴 것이다. 흑수는 뒤를 따라 이동했다. 그리고 약 일각쯤 걸었을까. 천마신교 전각의 가장 외진 곳에 도착했다. 거대한 철문이 위치한 텅 빈 공간이지만, 음산한 기운이 머무는 것 같았다. 철문은 열려 있고, 끌려온 이들은 문앞에 서자 새파랗게 질린 얼굴로 문을 바라보고 있었다.

문 앞에서 버티는 이들도 있었지만, 억지로 던져 넣었다. 소미연은 뒤를 흘깃 바라보았다. 흑수와 눈이 마주쳤다. 그녀는 두려움에 찬 얼굴이었다. 그러나 옆에서 마교도들이 그녀를 어둠 속으로 밀어 넣었다.

전부 다 철문 안으로 던져지고, 이제 흑수만 남았다. 문 앞에 서니 문 안에는 어둠만 가득했다. 심상치 않은 기운은 이곳에서부터 시작하고 있던 것이다. 마교도들이 흑수의 등을 떠밀려고 하자 마현이 그에게 다가왔다. 마교도들이 그의 등에서 손을 놓고 고개를 숙여 한 발자국 뒤로 물러났다. 마현이 한숨을 내쉬며 흑수를 바라보았다.

"하아. 아쉽구나, 단흑수. 이런 일을 벌이지 않았더라면 이렇게 될 일도 없을 텐데. 그렇다고 용서해 줄 수도 없는 노릇이고."

이 건은 이미 쉬이 용서할 수 없는 일이었다. 교주에 대한 도전이나 다름이 없으니까. 그것도 포로가 행한 일이라면 더욱 말할 것도 없었다.

"얌전히 있고, 나와 함께하고자 했다면 우리는 벗으로 지낼 수 있었을 게야."

"벗? 미친놈. 난 너랑 벗을 할 생각 없어."

"그래, 그렇겠지."

마현의 표정은 상당히 쓸쓸한 표정이었다. 그러나 정면만 응시하는 흑수는 그의 표정을 보지 못했다.

"난 이곳을 나가고 싶었을 뿐이야. 갑갑해서 이곳에 있을 수 있어야지. 이런 사이비 종교는 나와 안 맞고 말이지."

"그래? 그거 아쉽구나. 본 교의 진면목을 보면 그리 말하지 못할 터인데."

"정마대전을 일으키고, 대명 제국하고 한판 붙으려는 것부터 마교라 불리는 이유를 알 것 같더라고."

"이놈이……!"

이를 옆에서 듣고 있던 차유열이 인상을 찡그리며 칼을 뽑아 들었다. 그러나 마현이 손을 들어 제지했다.

"결국 너와 난 함께할 수 없는 운명이었다는 게로군."

"그래, 그런 거다. 서로 입장도 다르고 말이지. 이곳은 나와 전혀 맞지 않는 곳이야."

마현은 고개를 저으며 곧 미소를 지었다.

"고서(古書)에 따르면 역천금박에는 유일한 또 다른 탈출구가 있다고 전해지지. 거기까지 도달한다면 네가 원하는 본 교의 탈출과 동시에 생환할 수 있을 것이다."

"생환할 수 있다고?"

"물론 그 탈출구를 발견한다는 전제하에 말이지만. 큰

기대는 하지 마라. 지금까지 단 한 명도 탈출하지 못해서 진짜인지 거짓인지 알 방도가 없다. 그러나 그 자그마한 희망에 걸어 보거라. 하늘이 주는 유일한 기회이니."

마현이 후후 웃으며 그에게 뭔가를 쥐여 주었다. 손을 펼쳐보자 보인 것은 열쇠였다. 무슨 열쇠인지는 안 봐도 뻔했다. 구속구를 풀 수 있는 열쇠였다.

"단흑수. 너의 모든 힘을 다해서 역천금박 안에서 발악해 봐라. 지금까지 누구도 탈출하지 못했지만 혹시 아는가? 네놈은 탈출할 수 있을지. 저곳에서 탈출하게 된다면 나중에 내게 복수할 기회가 있다는 것에 희망을 걸어봐라."

마현의 광오한 웃음소리와 함께, 마교도들이 그를 어둠 속으로 밀쳤다. 흑수는 시야가 어둠으로 물들면서 다짐했다.

'그래, 뭔지 모르지만 네 기대대로 탈출해 주마. 반드시!'

흑수의 가슴에 불이 활활 타올랐다. 작은 가능성이 있는 한 그는 반드시 해낼 것이다. 탈출해서 반드시 콧대를 꺾어 줄 생각이다. 다시는 자신을 무시하지 못하도록. 바퀴벌레보다 질긴 목숨으로, 추악하다 해도 끝까지 발버둥 치며 생환할 것이다. 그리고 그의 얼굴에 주먹을 꽂아 줄 것이다.

　'마현, 두고 봐라. 이렇게 한 것을 후회하게 만들어 줄 테니까!'

　흑수는 끝없이 이어지는 어둠 속으로 빨려 들어갔다.

〈다음 권에 계속〉

마 왕

요 도 김남재 신무협 장편소설

ORIENTAL FANTASY STORY & ADVENTURE

『지옥왕』, 『요마전설』의 작가!
요도 김남재 신무협 장편소설

천하를 통일한 마교의 대공자 혁련휘.
오랜 세월 동안 행방불명되어 죽은 줄만 알았던 그가
동생의 복수를 위해 강호 무림에 칼을 겨눈다!

dream
books
드림북스

龍劍傳

용제검전

윤민호 신무협 장편소설

ORIENTAL FANTASY STORY & ADVENTURE

『악제자』, 『용맹마도』의 작가!
윤민호 신무협 장편소설

몰락한 작은 무문에서 맺어진 기이한 인연(因緣),
천하를 격동시킬 전설은 그렇게 시작되었다!

drea
book
드림북